Je ne veux pas te perdre

Barbara Cartland

Je ne veux pas te perdre

Traduit de l'anglais
par Alain Dorémieux

Éditions J'ai lu

Titre original :

NEVER LOSE LOVE
Mandarin Paperbacks

NOTE DE L'AUTEUR

L'église paroissiale de Saint-George, à Hanover Square, a été bâtie en 1716 sur un terrain donné à la ville de Londres par le général William Stuart, l'un des premiers habitants du quartier. Dû à l'architecte John James, cet édifice à la beauté dépouillée est conçu dans le style palladien, inspiré de l'Antiquité. C'est l'une des cinquante églises dont le Parlement décida la fondation sous le règne de la reine Anne Stuart afin de remplacer celles qu'avait détruit le grand incendie de Londres. Mais elle n'était pas destinée aux cérémonies funéraires : le cimetière paroissial situé un peu plus à l'ouest, entre Mount Street et South Street, servit aux inhumations jusqu'au jour où il n'y eut plus d'emplacement disponible pour les tombes. La chapelle placée en bordure de l'un de ses côtés fut construite en 1730 grâce à sir Richard Grosvenor ; elle porte en son honneur le nom de Grosvenor Chapel. Elle demeure aujourd'hui l'un des plus charmants vestiges du XVIIIe siècle dans le Mayfair, le quartier londonien élégant. Construction de briques au clocher d'inspiration coloniale, elle fut copiée aux États-Unis dans d'innombrables bourgades et villages. Certains des caveaux du cimetière, à l'entrée mystérieusement condamnée, sont connus comme étant les sépultures de lady Mary Stuart Wellesley Montague, de John Wilkes le réformateur, chef de l'opposition aux tories et à George III jusqu'à sa mort en 1797, ainsi que du comte et de la comtesse de Mornington, les parents du duc de Wellington.

1

1879

C'est la fin du jour. La lumière dorée d'un soir de juin inonde les maisons blanches aux toitures rouges, les ifs dressés le long des rives du Tessin, la campagne vallonnée aux alentours de la petite ville de Pavie. À l'horizon déjà brumeux se profilent des moutonnements bleutés : les contreforts lointains des montagnes. La diligence a roulé depuis le matin, ne s'arrêtant que trois fois pour changer de chevaux à des relais. L'hôtellerie attenante à l'un d'eux a permis aux voyageurs de se restaurer.

Josina étire ses muscles engourdis par la fatigue du trajet sur les routes pierreuses. La présence à ses côtés de sœur Bénédicte, qui lui tient lieu de chaperon, ne lui est d'aucun réconfort et lui inspire même de l'agacement. Maintenant que le terme du voyage est proche, une émotion intense grandit en elle à l'idée de revoir sa mère. À ce sentiment se mêle une anxiété diffuse. Depuis son départ de Florence en compagnie de sœur Bénédicte, elle a tenté en vain de chasser les appréhensions qui l'assaillaient. Mais elle ne se dissimule plus la vérité : elle a peur.

« Il faut que je me domine, se dit-elle. Ce n'est pas normal d'être aussi mal à l'aise. Ce doit être à cause de mon imagination ; mais pourquoi ? »

Josina devrait au contraire se réjouir de revoir après tous ces longs mois d'absence sa mère, lady Margaret Marsh. Mais pourquoi cette dernière a-t-elle aussi brusquement réclamé son retour ? Pourquoi cette urgence dans son désir de la voir ? Josina essaie de repousser les sombres prémonitions qui la taraudent. « J'ai les nerfs à fleur de peau », songe-t-elle. Les heures interminables de ce voyage, cette chaleur accablante qui a régné au cours de l'après-midi, le fait de n'avoir rien mangé de la journée parce qu'elle avait l'estomac noué, autant de facteurs qui ont dû entamer sa résistance.

Toute petite, déjà, elle avait les nerfs fragiles. Et son enfance bousculée par la vie de bohème de ses parents, par le tourbillon qui les emportait, lui a communiqué une sensation précoce d'insécurité. Elle se rappelle ses insomnies vers l'âge de treize ans, ses accès de neurasthénie, ses chagrins sans motif qu'elle cachait à sa mère pour ne pas l'alarmer ni troubler son bonheur conjugal. Chez les religieuses à Florence elle a trouvé un équilibre. Cette atmosphère de sérénité lui procurait un calme intérieur qu'elle n'avait encore jamais connu. La tragédie qui a frappé plus tard sa famille lui a causé un énorme choc. Mais, revenue s'immerger dans la suave tranquillité du couvent, elle a senti ses plaies se cicatriser. Elle retrouvait peu à peu l'apaisement. Alors qu'aujourd'hui, arrachée avec brutalité à cet univers de quiétude, elle a la désagréable impression d'être aussi vulnérable que jadis.

Le galop des chevaux ralentit sur les pavés que leurs sabots martèlent depuis leur entrée dans la ville. Le voyage de Josina touche à son terme. Le galop se transforme en trot à mesure que le cocher retient les rênes. Puis les chevaux avancent au pas, clopin-clopant, les derniers cliquètements de leur marche s'atténuent, les sabots de frein crissent sur la jante métallique des hautes roues de la diligence. Enfin le véhicule s'arrête.

Pavie est l'étape finale de la journée. Demain la diligence reprendra sa route vers les autres villes du nord — Crémone, Mantoue, Padoue, Vérone — pour finir par atteindre sa destination : Milan. Les voyageurs s'agitent pour descendre, se démènent afin de rassembler leurs bagages groupés sur l'impériale. Certains échangent des propos braillards dont la résonance stridente agresse les tympans de Josina.

Celle-ci prend poliment congé de sœur Bénédicte, la remerciant d'avoir eu l'obligeance de l'accompagner, puis elle se faufile au milieu des voyageurs pour s'éloigner. Elle porte à bout de bras le vieux sac de cuir où elle a emballé ses vêtements, son nécessaire de toilette, les menus objets personnels qui garnissaient sa chambre de pensionnaire au couvent, pareille à une austère cellule monacale. Elle descend la succession d'étroites rues en pente bordées de murailles moussues qui mènent à la maison de sa mère, s'arrête devant le portail de fer forgé disjoint et rouillé, marque un temps, prise d'un bref vertige. Enfin elle le franchit.

Le jour finissant s'est mué en un crépuscule mauve qui baigne un ciel soudain terni. Des écharpes de brume se déploient au-dessus de la verdure. Les arbres ressemblent à des silhouettes grises. Cette subite altération du paysage, cet assombrissement, renforcent dans l'esprit de Josina la notion superstitieuse d'une menace en suspens. Ses jambes vacillent, des frissons l'effleurent tandis qu'elle parcourt à pas menus l'allée de graviers parsemée d'herbes folles conduisant à la demeure vétuste où habite sa mère.

Elle actionne la cloche de la porte principale dont le tintement lui semble résonner comme un glas. L'attente lui est insupportable. Puis la porte est ouverte par la paysanne italienne qui tient lieu à sa mère de domestique. Il suffit à Josina de la voir pour tressaillir : d'emblée elle sait qu'il se passe quelque chose de grave. La vieille servante a pourtant son masque balourd et inexpressif, mais il y couve une gêne, une gravité sous-jacentes qui avivent les frayeurs de Josina.

Elle demande à voir sa mère. La domestique baisse les yeux et, d'une voix morne, répond que la mère de la jeune *signorina* est dans sa chambre, que la fatigue lui interdit de se lever. Josina sursaute. Malgré tous ses pressentiments, cette confirmation s'abat sur elle comme un coup de massue.

Tournant le dos à la domestique, elle n'en cherche pas moins à se rassurer. « Malade », ce n'est pas forcément un drame. Certaines maladies sont bénignes. Il peut s'agir d'un état fébrile, d'une faiblesse passagère. Lady Margaret Marsh a mené avec son époux une vie si exaltante, si mouvementée jusqu'au drame final ! Mais la disparition de l'homme qu'elle aimait l'a terrassée. Inconsolable, elle est désormais sujette aux accès de langueur.

Josina gravit l'escalier aux marches instables qui mène à la chambre de sa mère. Sur le palier, elle s'approche du miroir ovale au cadre doré. Ce miroir, elle l'a toujours connu. Déjà, quand elle était toute petite, il la fascinait ; elle ne pouvait résister à l'envie de s'y regarder. C'était devenu à la longue un rite étrange : chaque jour elle scrutait son reflet en se haussant sur la pointe des pieds, comme pour y déchiffrer le secret des tristesses qui la hantaient. Plus besoin maintenant pour elle d'étirer le cou pour être au niveau du miroir. Celui-ci lui renvoie l'image d'un visage fin et pâle, encadré d'une radieuse chevelure d'or en fusion et mangé par de grands yeux améthyste.

Rien n'a changé, se dit-elle avec résignation. Sa vie au couvent n'aura été qu'un intermède, une parenthèse heureuse où elle s'est crue libérée de sa propension à la mélancolie. Aujourd'hui elle s'aperçoit que cette dernière resurgit, décuplée par le malaise où la plonge ce retour inopiné chez une mère qui l'a mandée d'urgence à son chevet.

D'une main tremblante Josina frappe à la porte. Pas de réponse. Alors, comme une voleuse, elle pénètre chez sa mère. La pièce sent le renfermé, le camphre, l'essence de benjoin. Assombrie par le feuillage des tilleuls qui longent l'arrière de la maison, elle sent la maladie. Posée sur la table de chevet, une lampe à pétrole répand une clarté jaunâtre.

Le cœur de Josina cogne. Sa vue se brouille. Surmontant son trouble, elle s'avance sur les dalles de terre brunies, d'un pas si léger qu'il est inaudible. Sur l'oreiller de soie rose elle distingue le visage émacié de sa mère. Celle-ci semble assoupie. Josina se penche vers elle et chuchote :

— C'est moi, maman. Je viens d'arriver…

Lady Margaret soulève les paupières avec lenteur. Son regard d'abord absent se fixe fiévreusement sur sa fille.

— Te voilà enfin, ma chérie !

Sa voix est mal assurée, comme si elle cherchait ses mots. Alarmée, Josina s'assied au bord du lit.

— Maman, tu as l'air à bout de forces. Pourquoi m'as-tu laissée sans nouvelles ? Si tu m'avais prévenue, je serais rentrée plus tôt.

Pendant un long moment lady Margaret reste silencieuse. Puis, d'une voix monocorde, elle murmure :

— Je voulais que tu viennes, ma chérie. C'est tout. Il le fallait car j'avais besoin de te parler. Maintenant tu es là. Le reste est sans importance.

Josina est désemparée. Que dire ? Que faire ? Depuis la mort de son mari, lady Margaret n'est plus que l'ombre d'elle-même. Jamais Josina ne l'a vue si frêle. Elle a peine à retenir les sanglots qui lui nouent la gorge.

Comme si ses efforts pour élever la voix lui avaient trop coûté, lady Margaret referme les yeux et ne prononce plus un mot. Josina retire son chapeau qu'elle pose sur la table Elle est vêtue d'une robe gris foncé sans apprêt : l'uniforme du couvent où elle a séjourné deux ans.

Silencieuse elle aussi, le cœur serré, elle songe aux événements de la journée. Le matin même la Mère supérieure l'a convoquée dans son bureau. Surprise, elle s'interrogeait lorsque la religieuse lui a annoncé d'une voix douce :

— J'ai reçu une lettre de votre mère, Josina. Elle exige que vous alliez tout de suite la retrouver à Pavie.

— Tout de suite ? s'est étonnée Josina.

— Elle vous veut sans tarder auprès d'elle. Elle insiste pour que vous nous quittiez aussitôt que j'aurai reçu cette lettre. Vous allez donc préparer vos bagages et partir dès aujourd'hui pour Pavie.

— Dès aujourd'hui ? Mais pourquoi ? Il s'est produit quelque chose de grave ?

— Je ne sais pas, a répondu la Mère supérieure. Mais je ne peux que satisfaire à sa requête. Sœur Bénédicte vous accompagnera.

Elle ne souhaitait visiblement pas en dire plus. A la fois contrariée et perplexe, Josina s'est donc retirée. En hâte elle a regagné sa chambre pour y préparer son sac de voyage. L'exigence de sa mère dépassait son entendement. Elle devait de toute façon quitter l'internat à la fin du trimestre pour les vacances scolaires, trois semaines plus tard. Alors pourquoi cet étonnant caprice ? À peine Josina s'est-elle ainsi interrogée qu'à son irritation initiale a succédé une appréhension bientôt muée en anxiété. Car l'intimité qu'elle a connue avec sa mère depuis l'enfance lui a permis de bien connaître son caractère. Et s'il est un défaut qu'on ne peut imputer à lady Margaret, c'est bien celui d'être une femme capricieuse.

Pour se rendre le plus vite possible de Florence à Pavie, le chemin de fer eût été la meilleure solution. Mais il n'y avait plus de train en partance pour le nord avant le lendemain. Plutôt que de passer la journée entière à échafauder les pires hypothèses, Josina a préféré s'embarquer dans la vieille diligence encore en service, la « patache », qui relie Florence à Milan en deux jours. Pavie étant la ville où s'achève la première moitié du trajet, elle pourra ainsi le soir même se retrouver face à lady Margaret et comprendre pour quelle raison elle la réclame à ses côtés.

Ses pensées reviennent à la minute présente. Elle se retourne vers le lit où sa mère est couchée, immobile. Elle inspecte avec effroi son visage ravagé. Ses joues creuses, son teint blême la rendent presque méconnaissable. Josina cède à une insondable tristesse en évoquant la femme splendide que fut sa mère. Elle n'a pas connu la jeune fille épanouie dont son père est tombé éperdument amoureux, mais elle se revoit à huit ans, dix ans, douze ans, en contemplation devant elle, admirant la pureté de ses traits, la douceur et la séduction de ce visage.

Josina tend sa main devant elle et l'examine. Elle ne tremble plus. Pourtant la peur est toujours ancrée au fond d'elle et la tenaille. Son cœur bat-il de plus en plus fort ? Elle ne réussit pas à le déceler : c'est comme si son corps se pétrifiait.

Elle tente d'analyser la situation. La vérité est là, sous ses yeux, inéluctable. Malgré son jeune âge Josina est lucide. Elle a mûri trop prématurément pour se voiler la face et s'inventer des miracles qui viendraient à son secours. Oui, la vérité est là, inutile de la nier. Josina sent, elle sait que sa mère ne souffre pas d'une maladie bénigne. Une maladie ordinaire se soigne, on en guérit. Sa mère a dépassé ce stade.

Avec terreur elle cherche une issue, un improbable remède. Comment venir en aide à sa mère ? Elle n'entrevoit pas de réponse. Non, les miracles n'existent pas. Si même les médecins n'ont pu empêcher sa santé de se délabrer à ce point, de quelle façon pourrait-elle se substituer à eux ? Une fois admise cette constatation, Josina a l'impression d'avoir franchi un cap. Elle s'efforce de reprendre le dessus. Soudain elle éprouve quelque chose, les signes avant-coureurs d'une métamorphose. Elle dont les nerfs ont toujours été fragiles se sent soudain habitée d'une force nouvelle.

Elle ne doit pas se montrer paniquée devant lady Margaret. Elle n'est plus la gamine qui se réfugiait pour un oui ou un non dans les jupes de sa mère. Celle-ci n'est plus un rempart qui la protège contre le monde extérieur. Elle est un arbre abattu, une citadelle écroulée. Josina ne peut plus compter que sur elle-même et ses propres ressources pour affronter cette vie dont elle a eu peur pendant des années. Il lui faut donc afficher sang-froid et sérénité, écouter sans paraître ébranlée ce que sa mère tient à lui dire.

Par les deux fenêtres ouvertes s'insinue une brise fraîche annonciatrice de l'humidité de la nuit. Elle gonfle les rideaux et agite les voilages de tulle. Dans sa robe de coton, encore en nage après avoir subi la canicule de l'après-midi et les émotions de cette journée pas comme les autres, Josina a la chair de poule malgré le châle dont elle s'est couvert les épaules. Elle va fermer les fenêtres puis s'oblige à regagner d'un pas mesuré le chevet du lit.

La main de sa mère est posée sur le drap. Quand elle la touche Josina réprime un sursaut. Cette main est froide, aussi glaciale que celles des gisants de pierre dans les cathédrales. On n'y sent nulle palpitation de vie. Josina jette un regard affligé sur sa mère dont la faible respiration soulève à peine la poitrine.

Josina se penche et dit d'une voix douce :

— Je suis là, maman chérie.

Lady Margaret ne dormait pas, elle ouvre aussitôt les yeux.

— Prends le flacon sur la table, murmure-t-elle dans un souffle. C'est un médicament que le docteur m'a donné. Il m'en faut trois gouttes. Dépose-les sur ma langue.

Sans un mot, Josina obéit. En refermant les doigts sur le petit flacon noir, elle ne peut se retenir de juger son aspect sinistre. Elle le débouche, amène le compte-gouttes au niveau de la bouche entrouverte de sa mère, exerce une légère pression et, avec précaution, laisse couler entre les lèvres exsangues les trois gouttes requises. Puis elle se hâte de reboucher le flacon et de le remettre sur la table de chevet, comme si elle se débarrassait d'un objet maléfique. Après tout, même s'il est censé la soulager, ce remède n'est-il pas le symbole flagrant de la maladie de sa mère ? Elle ignore par quel miracle de la science cette dose minuscule va permettre à celle-ci de retrouver quelques forces.

Lady Margaret inspire profondément. Puis avec incrédulité Josina voit sa mère ouvrir à nouveau les yeux, le regard moins vitreux, et elle l'entend déclarer d'un ton affermi :

— Je me sens mieux. Maintenant, ma chérie, écoute-moi bien.

— Je t'écoute, maman. Mais c'est inouï que tu ne m'aies pas informée. Si j'avais su ton état de santé je serais venue aussitôt.

— Je n'en doute pas, ma très chère enfant. Je voulais seulement te laisser achever ton éducation en paix. Aujourd'hui, malheureusement, je n'en ai plus le temps.

Un étau serre le cœur de Josina. Il lui semble qu'elle va tomber. Haletante, elle répète avec une crainte qui lui fausse la voix :

— Plus le temps ?

Elle a envie de crier, elle serre les poings, les ongles enfoncés dans ses paumes. Mais elle s'oblige à conserver un maintien rigide. Elle s'était promis de ne pas s'affoler devant sa mère. Elle doit respecter cet engagement.

— Ma chérie, poursuit lady Margaret. Je n'ai pas le droit de te dissimuler la vérité. Ma vie ne tient qu'à un fil. Cette fois les médecins ne peuvent plus rien pour moi. Ils m'ont avoué que mes jours sont comptés.

Malgré ses résolutions Josina faiblit. Elle pousse un gémissement étouffé pareil à celui d'un enfant qui pleure en cachette. Sa mère ne semble pas l'entendre et enchaîne :

— C'est pour ce motif que je veux m'entretenir avec toi. Nous devons puiser en nous le courage d'en parler sans nous lamenter, de façon raisonnable et sensée. Comme deux grandes personnes. Car tu en es une maintenant, Josina. Et nous avons des arrangements à prendre pour l'avenir qui t'attend.

Son courage, Josina le rassemble, mais il ne suffit pas à endiguer sa révolte et son désespoir. Elle se penche pour déposer un léger baiser sur la joue de sa mère.

— Maman, ne me laisse pas. Je t'aime tant. Comment peux-tu m'abandonner ? J'ai tellement besoin de toi.

— C'est ce qui me préoccupe, répond lady Margaret. Mais tu sais, ma douce, je vais rejoindre papa. Et depuis qu'il n'est plus là, je le souhaitais plus que tout au monde.

Soudain chez Josina la colère l'emporte sur la révolte. Même le chagrin passe à l'arrière-plan. Comment sa mère peut-elle lui dire une chose aussi cruelle ? Retrouver son mari perdu : tel est bien son vœu le plus cher. Mais sa fille qui l'aime tendrement ? Ça lui est égal de la laisser seule ? Elle ne se rend pas compte du mal qu'elle lui fait en avouant sans détour que son mari avait plus d'importance pour elle que son enfant ? Les circonstances ne s'y prêtent guère et ce serait indécent, mais Josina aurait presque envie de lui en faire le reproche. Toutefois elle se tait, car c'est elle avant tout, elle en a conscience, qui témoignerait alors d'un monstrueux égoïsme.

Elle ne le sait que trop : après la mort de son père survenue dans un duel stupide, sa mère n'a pas réussi à surmonter sa douleur. Sans l'homme qu'elle aimait l'existence pour elle n'offrait plus de sens. Elle avait toujours été de constitution délicate et, dès l'instant où elle s'est retrouvée veuve, elle a pris le parti de se laisser dépérir. Impuissante, Josina l'a vue se faner de jour en jour.

Sa mère l'avait renvoyée chez les sœurs en la rassurant, en la priant de ne pas se tourmenter. Mais Josina a désormais la certitude qu'elle a tenu à lui épargner cette vision. Elle en avait le pressentiment depuis son départ précipité du couvent ce matin, et elle sait désormais qu'elle avait raison. Elle s'aperçoit en même temps qu'elle vient de dresser une barricade pour se préserver à la fois de la colère et de la tristesse. Sa mère désire qu'elles se parlent entre grandes personnes, de façon raisonnable et sensée ? Puisque tel est son vœu, Josina ne la décevra pas.

Elle observe donc un mutisme délibéré, se contentant de lever jusqu'à ses lèvres la main de sa mère où elle dépose un baiser.

— Tu vas m'écouter avec attention, continue lady Margaret. J'y ai mûrement réfléchi et j'ai tout préparé. J'ai conçu des projets en ce qui te concerne. Tu vas me promettre de les exécuter au pied de la lettre.

— Bien sûr que oui, maman, réplique Josina.

Elle hésite avant d'ajouter :

— Mais je vois mal comment j'y arriverai… sans toi.

Les derniers mots sont un déchirement. Josina les formule d'une voix cassée. Puis elle se reprend. Elle ne doit pas faiblir. Une crise de larmes bouleverserait sa mère. Qui sait même si l'émotion ne lui serait pas fatale ?

— Comme je te le disais, explique lady Margaret, j'ai beaucoup songé à la solution qui pourrait être la meilleure pour toi, ma chérie. Et elle m'est apparue clairement. Tu devras te rendre dans le manoir où j'ai vécu autrefois. J'ai écrit au nouveau duc de Nevondale pour lui demander de bien vouloir s'occuper de toi.

Les yeux écarquillés, Josina reste sans voix. Elle fixe sa mère avec stupeur. A-t-elle perdu son bon sens ?

— Le duc ? s'exclame-t-elle enfin. Voyons, maman, il refusera. Je ne suis rien pour lui. Aucun des membres de ta famille ne t'a adressé la parole ni envoyé de lettres depuis que tu t'es enfuie… avec papa.

— J'en suis parfaitement consciente, ma chérie. Mais tu sais que mon père est mort sans héritier, puisque mes deux frères ont été tués à la guerre. Son plus proche parent, à qui est revenu le titre, est un cousin très éloigné. Je ne l'ai même jamais vu.

— Alors, objecte Josina, pourquoi s'intéresserait-il à moi ?

— Pour un motif bien simple, ma chérie. Il est devenu le chef de la famille Nevon. Et en tant que tel il a une responsabilité envers chaque membre de cette famille, d'où qu'il vienne et quelle que soit son identité.

— Mais… maman, c'est ridicule ! proteste Josina.

Josina est submergée par l'indignation. Non seulement sa mère évoque sans affliction apparente son départ vers l'autre monde, mais en outre elle envisage comme une chose naturelle de la confier à un inconnu ! Elle s'apprête à reprendre la parole, mais lady Margaret la coupe d'un léger geste du bras avant de dire doucement :

— Laisse-moi parler sans m'interrompre.

Josina s'avoue vaincue. Elle renonce. Elle pose la joue contre la main de sa mère qu'elle a gardée dans la sienne.

— Je t'écoute, soupire-t-elle.

— Dès que je ne serai plus là, le médecin m'a promis de prendre toutes les dispositions pour mon enterrement. Et toi, tu partiras aussitôt en Angleterre.

La gorge nouée, Josina jette un regard bouleversé à sa mère. Celle-ci continue :

— Je n'ai malheureusement pas les moyens de te faire accompagner par un chaperon. Mais j'ai mis de côté une somme qui te permettra d'acheter un billet de première classe.

Josina s'apprête à se récrier contre cette dépense excessive et superflue. Lady Margaret la devance :

— Je suis ennuyée à l'idée que tu devras voyager seule. Il te faudra donc suivre mes instructions à la lettre, ma chérie. D'abord tu mettras mon alliance.

Perplexe, Josina concentre toute son attention sur les directives de sa mère.

— Tu te déplaceras sous le nom de « Mrs Marsh ». Tu porteras ma robe noire et le chapeau de veuve que j'avais pour l'enterrement de ton père.

Josina voit maintenant où sa mère veut en venir. Elle dit :

— Je saisis, maman. Il est dangereux pour une jeune fille de voyager seule.

— Évidemment, acquiesce lady Margaret. Tu t'exposerais à de trop grands risques. Les étrangers que tu côtoieras pourraient tenter de profiter de ta jeunesse. Mais je suppose qu'ils te laisseront en paix si tu as l'air d'une veuve. Il serait même prudent, mon trésor, que tu baisses le voile pour cacher ton joli visage.

Ses yeux se ferment. Elle a trop parlé, elle semble épuisée. Plusieurs minutes s'écoulent. Josina approuve enfin :

— Entendu, maman. Je ferai tout ce que tu m'as demandé.

L'élocution de lady Margaret redevient difficile.

— Tu trouveras l'argent... dans mon sac. Économise-le. À part cette somme... il ne nous reste plus rien.

Josina observe sa mère avec consternation.

— Plus rien, maman ?

— Rien. J'ai dû payer les visites du médecin, lui remettre de quoi payer mon cercueil. Il se peut qu'il t'en rende une faible partie. Mais l'important, c'est qu'après mes obsèques tu t'en ailles sans perdre de temps.

S'efforçant de rendre sa voix plus ferme, elle ajoute :

— Promets-moi d'aller chez le duc.

Avec une docilité inhabituelle Josina répond :

— Je te le promets, maman, puisque tu le souhaites. Mais si ta famille est toujours fâchée contre toi, as-tu songé qu'il pourrait me fermer la porte au nez ?

— Il ne se conduira pas ainsi, affirme lady Margaret. Ce serait contraire à l'honneur de la famille. Et puis qui sait ? Après toutes ces années certains m'auront peut-être accordé leur pardon.

Josina tourne et retourne cette éventualité dans sa tête. Même en se forçant à l'optimisme, elle a peine à la juger crédible.

La rencontre de sa mère avec son père, leur fugue scandaleuse, la rupture de lady Margaret avec sa famille, Josina a si souvent entendu raconter cette histoire qu'elle en connaît les détails par cœur.

Fille du quatrième duc de Nevondale, sa mère à peine âgée de dix-huit ans découvre que, sans la consulter, on a arrangé son mariage avec le prince Frederick de Lucenhoff. Elle n'apprend qu'une chose : son fiancé est un prétendant au trône. Un jour elle régnera à ses côtés sur la petite principauté de Lucenhoff, située aux confins de l'Allemagne et de l'Autriche. Cette union est vue d'un bon œil par la reine Victoria qui organise un souper en hommage aux futurs époux afin de célébrer leurs fiançailles. Ils reçoivent une profusion de cadeaux car le duc de Nevondale est un personnage en vue. Et pas seulement à la cour : il est également bien connu des milieux hippiques, les chevaux de son écurie ayant gagné maintes fois des courses de prestige.

Après l'arrivée du prince en Angleterre, lady Margaret et lui assistent à diverses réceptions chez les membres de leurs familles respectives. C'est au cours de l'une d'elles, une soirée donnée par le duc et la duchesse de Devonshire dont ils sont les hôtes d'honneur, que lady Margaret fait la connaissance du capitaine d'Arcy Marsh.

La salle de bal ouvre sur les jardins qui descendent en pente douce de Piccadilly à Berkeley Square. En quittant cette salle au bras de son cavalier lady Margaret lâche par inadvertance son réticule à chaînette d'or. Celui-ci contient un mouchoir en dentelle, un petit peigne d'écaille, son carnet de bal, ainsi qu'une pièce d'une demi-guinée destinée au pourboire éventuel d'une femme de chambre.

Elle étouffe une exclamation dépitée au moment où il tombe sur le sol.

Le diplomate d'un certain âge avec qui elle vient de danser n'a pas le temps d'ébaucher un geste : le réticule est aussitôt ramassé par un jeune homme qui se tenait non loin d'eux. Il se redresse pour le lui rendre et, en posant les yeux sur lui, elle découvre l'homme le plus séduisant qu'elle ait jamais vu.

Intimidée, elle le remercie. Il s'incline :

— Ce fut un plaisir pour moi de vous être utile. M'accorderez-vous en échange la faveur de la prochaine danse ?

À ce moment l'orchestre derrière eux entame une valse langoureuse. Lady Margaret consulte son précédent cavalier d'un regard embarrassé.

— J'ai été ravi de danser avec vous, déclare ce dernier, mais j'arrêterai là mes performances pour ce soir. Je vous libère, ma chère petite. Allez vous distraire, c'est de votre âge.

Lady Margaret le remercie d'un sourire et se tourne vers le beau jeune homme qui l'attend avec impatience. Il l'emmène dans la salle de bal en haut des marches, puis l'entraîne au rythme de la valse. Ils commencent à tournoyer sur le parquet poli, et le jeune homme dit alors :

— Je désespérais de trouver un prétexte pour vous aborder. Je ne saurais être trop reconnaissant envers votre réticule.

Un léger éclat de rire échappe à lady Margaret.

— Je suis sincère, proteste-t-il. Comment pouvez-vous avoir une beauté aussi exquise et être néanmoins réelle, là tout contre moi ?

Devant ce compliment hardi elle rougit. Nul jusqu'à présent ne s'est permis de lui adresser des galanteries aussi directes. Voici à n'en pas douter un individu qui ne s'embarrasse guère des convenances et courtise les filles à la hussarde. Elle aurait en théorie un rôle à jouer : lui lancer un regard de dédain et l'éconduire sans ménagements. Mais son ton fougueux lui communique une émotion inconnue. Jamais elle ne l'a éprouvée avec quiconque ni surtout avec le prince dont elle doit s'avouer qu'il lui inspire plutôt une crainte mêlée d'une ombre de révulsion. Il a un air hautain et maussade qui décourage la moindre tentative de conversation. Depuis l'annonce de leurs fiançailles elle n'a cessé de se poser cette question : comment pourra-t-elle épouser un homme qui lui semble aussi lointain que s'il était au sommet d'une montagne ? Selon les termes de sa nurse « ses yeux sont des glaçons ». Et elle est gagnée par la conviction grandissante et déplaisante qu'elle ne sera jamais à l'aise avec lui.

Alors elle renonce aux principes de bienséance qui lui furent inculqués. Non seulement elle ne tourne pas le dos à son jeune cavalier mais elle va plus loin : elle s'abandonne entre ses bras. D'un bout à l'autre de la salle de bal elle virevolte avec lui. Et il murmure à son oreille des discours enflammés, des louanges extravagantes qui lui font palpiter le cœur. Ils dansent dans une parfaite harmonie, comme si leurs deux corps n'en formaient plus qu'un. Sans attendre la fin de la valse il l'entraîne hors de la salle de bal, vers les jardins en terrasses humectés par la rosée nocturne. Les sentiers sont éclairés par des girandoles et, aux branches des arbres, sont suspendues des lanternes vénitiennes. La tenant par le coude qu'il enserre de la main, le jeune homme attire lady Margaret à l'écart, sur les pelouses inclinées où la seule lumière est celle des étoiles qui scintillent à travers les feuillages. Puis il s'arrête. Debout devant elle, il se tient immobile et la contemple. À mesure que sa vision s'accoutume à la pénombre elle distingue avec netteté son visage. Demeuré bizarrement taciturne depuis leur sortie du bal, il reprend enfin la parole, mais sa voix est différente, empreinte d'inflexions à la gravité inattendue.

— Vous ne le croirez pas, mais dès l'instant où je suis entré ce soir dans cette salle et vous ai aperçue, j'ai su que j'étais éperdument amoureux de vous.

— Vous êtes fou, c'est insensé, proteste lady Margaret.

— Si je mentais, vous le sauriez. Je vous ai cherchée toute ma vie. Maintenant que je vous ai trouvée je ne peux pas vous laisser m'échapper.

— Vous ne comprenez pas, murmure lady Margaret. Je suis fiancée. Je dois épouser le prince Frederick de Lucenhoff.

— Seriez-vous fiancée ou mariée à Zeus ou Apollon, répond son cavalier, je ne vous en aimerais pas moins. Je ne suis pas un prince. Mon nom est d'Arcy Marsh et mon rang dans la société ne compte pas.

Il se tait avant d'ajouter :

— Vous pourrez m'opposer tous les arguments que vous voudrez, mais je sais que vous avez été créée pour moi et moi pour vous. Et maintenant que notre rencontre a enfin eu lieu, quelle suite allons-nous lui donner ?

Il est impossible à lady Margaret de ne pas l'écouter, de ne pas être hypnotisée au point de perdre toute faculté de réflexion. Elle n'a nulle envie de le fuir. Ils restent réunis au sein des ombres projetées par les arbres. Un long moment s'écoule, dont elle ne mesure pas la durée. Puis l'inévitable survient : il se penche vers elle pour l'embrasser. Elle ne se débat pas quand il l'enlace et ses lèvres impatientes désirent les siennes. Dès cette seconde une évidence s'impose à elle : c'est ce dont elle a toujours rêvé. L'amour, cet amour plus fort que tout dont on lui a répété qu'il n'avait rien à voir avec les liens du mariage.

— Je vous aime. Et vous m'aimez aussi, même si vous refusez de l'admettre, proclame d'Arcy Marsh d'une voix triomphale.

Ils regagnent la salle de bal où personne apparemment ne s'est ému de leur absence.

Dans la berline qui la ramène à l'hôtel particulier des Nevon sur Park Lane, lady Margaret est en proie à un torrent d'émotions. Elle a la tête qui tourne, son cœur est un tambour, le monde autour d'elle est sens dessus dessous.

Elle retrouve d'Arcy tôt le lendemain matin sur Rotten Row où tous deux sont allés se promener à cheval. Il passe la voir au milieu de l'après-midi, à l'heure où son père a prévu de sortir pour un rendez-vous. Elle attendait sa venue. Quand on la lui annonce, elle demande qu'on l'introduise dans le petit salon. La porte se referme derrière lui. Il reste un moment immobile en la buvant des yeux. L'instant d'après elle cède à son étreinte. Ses jambes faiblissent comme si elle allait s'évanouir. Et en même temps une joie délirante la possède. Elle essaie de se dire que c'est mal, qu'elle n'a pas le droit, mais il est trop tard. Il l'embrasse avec une violence passionnée, une ardeur possessive, et dès lors elle sait que plus rien d'autre ne compte sur terre à part lui.

La scène se passe une quinzaine de jours avant que d'Arcy finisse par la convaincre de rompre avec sa famille pour s'enfuir avec lui. Auparavant, par souci de franchise, elle a tenté de dissuader son père de la jeter contre son gré dans les bras du prince Frederick. Son père l'impressionne, elle l'a toujours un peu redouté, surtout depuis la mort de sa mère à la suite de laquelle il est devenu bougon et despotique.

C'est donc en frissonnant qu'elle s'introduit dans son cabinet de travail pour solliciter de sa part un entretien. Assis devant le bureau, il écrit. A son entrée dans la pièce il lui dit sèchement :

— Je suis occupé, Margaret.

— Je désire vous parler, père, bredouille-t-elle.

— Je dois terminer la liste des invités qui seront conviés au mariage, répond le duc avec irritation. Tant de parents éloignés ou de relations espèrent y assister que les places seront rares pour nos amis.

— Je voulais vous dire, père, que… je souhaite ne pas épouser le prince.

Durant une minute le duc ne semble pas déchiffrer le sens de ses paroles. Puis il éclate d'une voix grondante :

— Quoi ? D'où te vient cette lubie ? Ne pas épouser le prince ? Ma fille, ton esprit bat la campagne. Tu vas te marier avec lui, c'est une affaire entendue.

— Mais, père, je ne l'aime pas.

Le duc repose son porte-plume.

— L'amour ? Je te prierai de ne pas me ressasser cette calembredaine. C'est un prince. Sa principauté n'est pas une grande nation, mais le palais sera pour toi une résidence agréable et tu fréquenteras les têtes couronnées d'Europe. Que peux-tu exiger de plus ?

— Je veux être… amoureuse, père.

— L'amour, l'amour ! fulmine le duc. Les femmes n'ont donc en tête que des sornettes ? L'amour viendra après le mariage, en tout cas il le devrait.

— Non, père, car je n'ai pas envie de me marier !

Le duc scrute sa fille comme s'il la voyait pour la première fois.

— Sans doute pourrais-tu trouver un meilleur parti que Frederick, admet-il enfin, mais ce ne sera pas si facile. En outre Sa Majesté est ravie de cette union. Positivement ravie ! Je n'ai pas le temps d'écouter ces insanités pour le moment. Va en parler à ta grand-mère, si c'est ce qui te trotte dans la cervelle, mais ne me dérange plus.

Il saisit son porte-plume. Lady Margaret comprend que c'est sans espoir : il refusera d'entendre raison. Elle se résigne à quitter la pièce.

Quand elle relate à d'Arcy Marsh le fiasco qu'a été l'entrevue avec le duc, il se contente de rire aux éclats avant de lui confier :

— Il est évident que votre père ne changera pas d'avis. Socialement votre mariage est une réussite dont tous vos proches ne peuvent que se réjouir.

Un nouveau rire lui échappe. Il continue d'un ton plus sérieux :

— Un jour viendra où ils vous tiendront rancune d'avoir en tant que princesse la préséance sur eux dans les dîners, où ils se plaindront d'être obligés de vous faire des courbettes. C'est ce que vous voulez ?

— Vous savez bien que non, s'indigne lady Margaret.

— En ce cas, mon ange, il va falloir vous armer de courage. Si vous restez ici vous serez traînée à l'autel à votre corps défendant. Et une fois que vous aurez la bague au doigt vous serez prise au piège sans aucune échappatoire. Vous sentez-vous prête à l'accepter ?

Sans la laisser répondre, il l'embrasse. Autour d'eux la pièce tournoie. Plus rien d'autre ne compte que cette étreinte passionnée.

Sachant qu'il n'y a pas d'alternative, lady Margaret prépare sa malle pour la première fois de sa vie. Elle rassemble ses bijoux et, suivant les instructions données par d'Arcy Marsh, soutire le plus d'argent possible au secrétaire de son père.

— Nous aurons toutes les richesses sauf celle de l'argent, ma chérie, lui a dit d'Arcy Marsh. Et vous connaîtrez vite sa nature fluctuante : c'est un bien qui va et vient.

Cette réalité, lady Margaret en fera l'expérience tout au long de sa vie d'épouse. À aucun moment il n'a cherché à lui mentir sur sa personne ; il s'est montré au contraire envers elle d'une sincérité absolue. Il ne lui a pas caché qu'il avait la réputation méritée d'être un joueur invétéré.

— Le jeu satisfait mes besoins d'argent, a-t-il avoué, et je n'ai aucune autre aptitude particulière.

Élevé au rang de capitaine des grenadiers de la garde, il a reçu une médaille pour avoir sauvé en Inde ses hommes d'une embuscade où ils auraient trouvé une mort certaine. Il a cependant quitté l'armée, préférant être libre de s'adonner au jeu et de s'amuser. Il a fréquenté les casinos de tous les pays. Toutefois il n'avait pas prévu son amour pour lady Margaret, et cette passion l'entraîne comme une bourrasque. C'est l'amour, le vrai, ce trésor convoité par les hommes depuis la nuit des temps, mais que bien peu ont eu la chance de découvrir.

Il sait que sa femme a renié ses origines et son passé, renoncé à tout pour le suivre, et il ne l'en aime que davantage. Ils profitent avec frénésie de leur bonheur. Peu importe si leurs finances sont précaires quand les cartes lui ont été défavorables et s'ils doivent alors habiter des logements sans confort. Ils sont ensemble et c'est l'essentiel.

Lady Margaret est si heureuse qu'elle se moque de savoir où ils atterriront, suite somptueuse dans un palace ou modeste chambre d'hôtel, villa dans le midi de la France ou mansarde parisienne. La présence à ses côtés de l'homme qu'elle aime suffit à la combler, à lui nourrir les yeux, l'âme et le cœur. Quand il meurt ce n'est pas seulement l'histoire de son amour qui arrive à son terme mais aussi celle de son existence. Elle est incapable de vivre sans lui.

Le jour où elle apprend de la bouche d'un médecin qu'elle est atteinte d'une tumeur maligne, elle ne se révolte pas. Mais elle sait qu'il lui reste peu de temps pour imaginer des stratagèmes destinés à protéger sa fille.

Née d'un père et d'une mère aussi beaux l'un que l'autre, il n'est pas surprenant que Josina soit la séduction même, avec ses traits délicats, ses yeux immenses, sa peau translucide. Mais son charme se situe au-delà des caractéristiques physiques. Il émane d'elle une aura qui la différencie des autres adolescentes de son âge. Néanmoins elle n'a pas conscience de sa beauté. Elle a toujours tant admiré celle de sa mère qu'il ne lui viendrait pas à l'idée de se comparer à elle.

Lady Margaret est restée éveillée nuit après nuit à se demander par quel moyen envoyer sa fille en Angleterre en toute sécurité. Jusqu'au moment où elle a songé à son chapeau et à son voile de veuve. Depuis des années elle épiait les œillades lancées à leur adorable fille par les amis de son mari, entendait leurs allusions pâmées au merveilleux blond vénitien de sa chevelure. Josina n'y prêtait pas attention et ses parents étaient là pour veiller sur elle. Mais voyager seule, exposée aux regards perçants des étrangers, à leurs avances, représentera pour elle un trop grand risque.

C'est l'intérêt croissant manifesté par les hommes envers sa fille qui incite lady Margaret à l'envoyer, avant l'âge de seize ans, poursuivre ses études chez les religieuses à Florence. Leur couvent a toujours joui d'une excellente réputation. Beaucoup de familles aristocratiques européennes y inscrivent leurs filles pour qu'elles bénéficient d'une formation irréprochable. Un soir où, gâté par la chance au casino de Monte-Carlo, son mari rentre à la maison avec euphorie, porteur d'une petite fortune, lady Margaret s'en empare en disant :

— Ce sera pour l'éducation de Josina. Tu ne dois pas toucher à cette somme. Elle ne t'appartient plus.

Rieur, d'Arcy Marsh répond :

— C'est d'accord, mon amour. Mais si demain nous nous retrouvons dans le ruisseau, ne m'en blâme pas.

— Tu sais bien que j'ai raison. C'est aussi ta fille. Nous devons penser à son avenir.

— Je suis de ton avis, même si tu ne me laisses guère le choix, réplique-t-il.

Il embrasse alors sa femme et la discussion est close.

Dès le lendemain, elle expédie l'argent à la Mère supérieure du couvent de Florence. Elle n'y envoie toutefois sa fille que l'année suivante. Elle s'y résout en constatant, maintenant que Josina devient une femme, qu'il va être impossible d'empêcher les hommes de tourner autour d'elle comme des papillons de nuit affolés par une source lumineuse. Josina pleure de détresse à son arrivée chez les sœurs mais finit par se plaire dans cet environnement, elle qui ne s'était jamais liée avec des amies de son âge à cause de la vie nomade menée par ses parents.

Sa réputation de joueur précède partout d'Arcy Marsh qui trouve souvent porte close chez les gens du monde. Il est issu néanmoins d'une vieille famille et ses ancêtres ont été châtelains durant cinq générations dans le Huntingdonshire. C'est un homme de bonne éducation. Après des études à Eton, il s'est engagé dans les grenadiers de la garde pour suivre la tradition familiale. Mais il a vite estimé que le carcan de la carrière militaire lui inspirait une insurmontable lassitude.

Ayant découvert par le plus pur des hasards qu'il avait une incroyable chance au jeu, il n'a pu résister à la tentation de s'y adonner. Ainsi a-t-il commencé la tournée des casinos, de Paris à Rome, de Monte-Carlo à Vienne, de Baden-Baden à Nuremberg. Dans tous ces lieux il est le bienvenu et les cartes l'attendent. Aventureuse, excitante, sa vie n'a jamais sombré dans la monotonie. De même que son amour pour lady Margaret a survécu à tous les moments pénibles, à tous les revers de fortune. Son activité de joueur avec ses hauts et ses bas n'a jamais cessé de l'enchanter ni de le captiver. Cette existence errante, lady Margaret en a toujours accepté les imprévus, si fâcheux soient-ils. Les seuls doutes qui l'ont harcelée survenaient lorsqu'elle s'interrogeait non sans mauvaise conscience sur l'avenir de sa fille.

La flamme de la lampe à pétrole vacille. Sous sa lueur tremblotante le visage de lady Margaret est cireux. Dehors la nuit est tombée. Josina, muette, se sent comme hors du temps. Elle s'ébroue, revient à la réalité. Elle voit que sa mère aussi paraît absente, détachée de son corps. Josina allonge un bras, effleure des doigts le front de sa mère. Celle-ci sursaute et la dévisage. Elle dit d'un ton infiniment affaibli :

— Je sais que ce sera difficile pour toi en Angleterre. Ils auront du mal à t'accepter. Mais si le nouveau duc ne te rejette pas, la famille sera forcée de suivre son exemple.

Redevenue lucide, Josina riposte avec amertume :

— Et si ce n'est pas le cas, maman, je n'aurai plus qu'à me débrouiller par mes propres moyens.

Lady Margaret émet une faible plainte.

— Non ! il y en aura au moins un qui voudra bien s'occuper de toi. Il ne serait pas juste que tu expies pour mes fautes.

Josina réussit à lui sourire.

— C'était une si grande faute de t'enfuir avec l'homme que tu aimais ? C'était très romantique au contraire... et tu as été très heureuse.

— Oui, murmure lady Margaret dans un souffle à peine perceptible, j'ai été très heureuse... tellement heureuse.

Josina se penche pour lui embrasser la joue.

— Ne sois pas inquiète, maman. Tu as sûrement raison : le duc trouvera dans la famille quelqu'un pour m'accueillir. Et je souhaite avoir la chance de rencontrer un jour un homme qui ressemble à papa.

Lady Margaret s'efforce de répondre au sourire de sa fille.

— C'est l'objet de mes prières. Et elles continueront... où que je sois.

Elle ferme les yeux et se renverse en arrière, à bout de forces. Josina se doute qu'il est inutile de prolonger ce dialogue. Elle quitte la pièce et descend retrouver la servante italienne, une femme trop âgée pour postuler un emploi plus rémunérateur. Celle-ci lui annonce en termes clairs qu'il n'y a pratiquement rien à manger dans la maison. Le voyage lui ayant coûté moins que prévu, il reste à Josina un peu de menue monnaie. Elle la remet à la femme en la chargeant de faire des courses le lendemain matin à la première heure. Mais ce n'est pas la faim qui la tracasse, c'est sa mère. Elle regagne aussitôt la chambre de celle-ci.

Elle songera plus tard qu'elle savait, avant même d'entrer dans la pièce, ce qui l'y attendait. Lady Margaret s'est raccrochée à la vie juste le temps de donner à sa fille ses instructions. Maintenant, son dernier devoir accompli, elle s'en est allée rejoindre l'homme qu'elle a tant aimé.

2

Assise au salon, Josina embrasse la pièce du regard et s'interroge distraitement : reste-t-il d'autres objets qu'elle ait envie d'emporter en Angleterre ?

L'enterrement de sa mère a eu lieu la veille et elle s'est entendue avec un cocher qui passera ce matin pour l'emmener en berline à Milan. Elle atteindra sa destination avant midi. De là elle pourra monter dans un train express en direction de la France

Une découverte lui a causé un choc. En cherchant la somme mise de côté par sa mère pour son voyage elle est effectivement tombée sur une liasse de billets de banque. Ainsi que sur une lettre adressée au duc de Nevondale. C'est sans nul doute celle que sa mère disait lui avoir écrite. Mais le pli n'a jamais été expédié. Josina a demandé à la domestique pourquoi elle ne l'a pas posté. « Pas d'argent », a grommelé laconiquement la femme. En conséquence Josina va devoir se présenter chez le duc sans même avoir été annoncée. Il n'en sera que plus difficile d'être admise auprès de lui et de solliciter son assistance. De toute manière il est trop tard désormais pour reculer. Mais le découragement la gagne. Alors elle a décidé de réagir et s'est consacrée à une tâche concrète : trier une dernière fois ses affaires personnelles pour ne garder que le strict nécessaire. Elle a donné le reste à la vieille servante italienne, à charge pour elle de le revendre en dédommagement de ses gages impayés.

En explorant la penderie de sa mère elle s'est aperçue que lady Margaret a déjà vendu toutes les robes élégantes qu'elle mettait du vivant de son époux. Nombre de ces toilettes, fort coûteuses, avaient été achetées lors des périodes où sa chance au jeu lui rapportait des gains substantiels. Abattue et navrée, Josina s'est demandé quel prix dérisoire sa mère a pu en obtenir dans une petite ville comme Pavie.

Elle n'aura donc pour tous vêtements que sa garde-robe modeste de pensionnaire, ainsi que les deux robes noires que sa mère mettait après son deuil. « J'aurai l'air d'une misérable cousine de province au milieu de ces gens de la haute société anglaise », conclut Josina avec fatalisme. En vérité, elle ne réussit pas à se sentir vraiment concernée par ces détails matériels, même si son avenir immédiat et sa vie entière sont en jeu.

Depuis son départ du couvent il y a trois jours elle vit comme une automate. Cet ultime dialogue avec sa mère, la nuit de douleur et de cauchemars qu'elle a passée à la suite de sa mort, les formalités qu'elle a entreprises le lendemain pour préparer les obsèques et organiser son départ, la cérémonie funèbre où elle était seule à l'église en compagnie de la vieille servante, du médecin et de quelques voisins compatissants : toutes ces situations flottent dans son esprit comme les réminiscences d'un songe. Il lui semble ne pas les avoir vraiment vécues. Sa volonté lui a ordonné d'exécuter les tâches nécessaires. Mais elle avait l'impression d'être dédoublée, indifférente, de se voir agir de l'extérieur comme une étrangère. Aujourd'hui il ne reste qu'un grand vide. Elle est seule au milieu d'un vaste néant qui se referme sur elle comme un poing prêt à la broyer. Le cours de ses pensées se fige. La première nuit elle a versé toutes les larmes de son corps. Maintenant elle ne parvient même plus à pleurer. Son chagrin est un noyau dur enfermé en elle.

Elle n'a plus qu'une idée en tête, ressassée jusqu'à l'obsession : puisqu'elle doit respecter sa promesse à sa mère, elle va partir sur-le-champ pour l'Angleterre. Elle n'a d'ailleurs pas d'autre choix, sinon celui de se laisser mourir à son tour d'inanition et de découragement. Elle a donc entrepris de faire ses bagages. Elle a trouvé le chapeau de veuve dont lady Margaret lui a parlé. De même que la robe noire très sobre et le manteau assorti. Elle a enfilé la robe en prévision du voyage, étonnée que le vêtement paraisse taillé à ses mesures. Elle s'est observée dans la glace. Dans cette robe ajustée, qui n'a rien à voir avec ses tenues informes de la pension, elle a cru soudain voir la silhouette longue et fine de sa mère.

Jamais elle ne s'était avisée de sa ressemblance frappante avec elle. C'est comme si elle avait dû attendre sa disparition pour s'en convaincre. Le même visage, les mêmes yeux : les portraits de sa mère jeune fille, sa miniature en médaillon dont elle n'a pas voulu se séparer, en apportent la preuve. Seule différence : les cheveux de lady Margaret dont la blondeur pâle était typiquement anglaise. Josina ignore d'où lui vient la teinte flamboyante des siens. Mais elle a cessé de se poser ces questions futiles. Elle retient les larmes qui lui embuent les yeux au souvenir de ses parents, de cette vie heureuse et insouciante qu'ils ont menée jusqu'au jour fatidique.

Elle a beau tenter de l'éliminer de ses pensées, le duel absurde où son père a perdu la vie lui fend le cœur comme le tranchant d'un sabre. Ayant ramassé toute la mise, il s'est heurté à l'indignation d'un autre joueur. Furieux d'avoir perdu gros et imbibé d'alcool, son adversaire a fait un esclandre en l'accusant d'avoir triché. La seule réaction sensée aurait consisté à demeurer indifférent aux insultes de l'ivrogne, sachant qu'il ne se contrôlait plus. Au lieu de quoi, à minuit, le père de Josina s'est retrouvé engagé dans un duel au pistolet. Et une balle reçue en pleine poitrine l'a tué sur le coup.

Lady Margaret en a eu le cœur brisé. Dès cet instant le fil de ses jours s'est réduit à un combat quotidien pour essayer tant bien que mal de survivre. Pour comble de malchance d'Arcy Marsh avait traversé une mauvaise passe avant sa rencontre avec l'homme qu'il avait dépouillé d'une fortune. Mais dans l'excitation provoquée par le duel la majeure partie de l'argent s'était envolée. Et, en l'absence de témoins, nul ne savait à combien se montaient ses gains. En compensation lady Margaret n'avait obtenu qu'une somme insignifiante.

Josina était en pension, à l'époque. Une lettre de sa mère lui avait appris la nouvelle. Écrasée par la disparition de son père, elle avait eu un sentiment aigu d'abandon, mêlé d'une incommensurable révolte. Comment croire en Dieu ? Les anges gardiens censés veiller sur sa mère et elle, si par hasard ils existaient, devaient les avoir oubliées pour les délaisser à ce point, alors que lady Margaret commençait à subir les premières atteintes d'un mal pernicieux. Elle avait besoin d'une assistance médicale coûteuse. Il lui aurait fallu les meilleurs spécialistes. Elle aurait dû pour reprendre des forces se nourrir avec des mets de choix. Et c'était le moment choisi par le destin pour lui infliger cette épreuve.

Mais, comme sa mère l'a renvoyée au couvent aussitôt après les funérailles, Josina n'a pas eu l'occasion d'évaluer à quel point leur situation matérielle était précaire. Elle vient seulement de découvrir que, pour survivre, lady Margaret a vendu tout ce qui avait une quelconque valeur. Et, comme l'a souligné la vieille servante italienne, il ne reste pratiquement plus rien. C'est une raison de plus pour être soulagée de fuir cette maison ancienne et délabrée qui fut l'ultime demeure de ses parents. Même si Josina regrette de quitter l'Italie, où ils s'étaient fixés depuis quelques années, le souvenir de leur vie heureuse dans ce pays reste trop vivace pour être supportable. Il en va de même pour la France où ils ont souvent séjourné. Paris a été leur ville de prédilection, à une époque où son père gagnait presque chaque nuit au baccara. Ils vivaient alors, ainsi que le formulait parfois Josina, « comme des rois ».

Son reflet dans la glace est celui d'une étrange créature endeuillée à l'excès. Elle a l'impression d'être affublée d'un déguisement qui sera vite percé à jour. Mais les dés sont jetés. Plus rien ne la retient ici. Et elle n'a pas le droit de renier le serment fait à sa mère.

Un instant plus tard le cocher se présente. Il charge ses bagages dans la berline, elle y prend place. Les chevaux se mettent en route au pas. La voiture s'ébranle. Josina ne jette pas un coup d'œil à la maison. L'idée de ne jamais revoir ces lieux la libère d'un fardeau. Peu après les chevaux sortent à vive allure des faubourgs de Pavie. Josina est en route pour Milan, consciente d'entamer une folle et incroyable aventure dont l'issue sera hasardeuse, sinon désastreuse.

Deux heures plus tard, en montant à bord du train, elle mesure la sagacité de sa mère et s'en veut d'avoir douté d'elle. Avec son voile de veuve qui lui cache le visage elle est sûre de n'être pas importunée. Elle voit même des voyageurs s'effacer avec respect et compassion pour lui laisser le passage.

Le porteur lui choisit une bonne place, côté fenêtre et dans le sens de la marche, à l'intérieur d'un compartiment de première classe. Il dépose ses deux valises dans le fourgon du chef de train et accepte de bon cœur le menu pourboire qu'elle lui remet.

Après ces pénibles journées où elle a tenu bon parce qu'il le fallait, parce que se répandre en lamentations eût été trahir le serment fait à sa mère, Josina peut enfin se détendre, appuyée au dossier de la banquette molletonnée. Elle s'émerveille encore de la trouvaille ingénieuse de lady Margaret et s'amuse même un bref instant à la perspective de ce voyage rocambolesque sous une fausse identité. Elle jette à diverses reprises un coup d'œil à la bague qui encercle son annulaire : un jour viendra-t-il où elle aura au doigt une alliance qui sera la sienne ? L'amour était le grand sujet de conversation au couvent. Nombre de filles, issues des meilleures familles, savaient déjà qu'un mariage décidé par leur père serait leur sort. Elles se résignaient à l'idée d'épouser un homme sans l'avoir jamais vu. Cette docilité apathique choquait Josina.

Après avoir franchi la frontière, le train gagne de la vitesse à travers la fertile et verdoyante campagne française. Plongée dans une douce torpeur, Josina rêve. Elle songe que jamais elle ne se mariera sans amour. Elle veut connaître la même passion que celle qui animait son père et sa mère. Elle est assez intuitive pour savoir combien leurs sentiments ont transfiguré leur vie, transformant chacun des endroits où ils séjournaient, fût-il d'une pauvreté sordide, en un lieu de beauté. Ils étaient si heureux ensemble que de leur amour émanaient des vibrations, des ondes de chaleur dont elle se sentait parfois baignée. C'est un amour pareil que je connaîtrai un jour, se dit-elle. Et elle adresse une prière à ce Dieu dont elle a déploré la cruauté aveugle pour qu'en échange il lui accorde la compensation de rencontrer un homme conforme à ses désirs.

Après un voyage interminable — deux jours et deux nuits dans le train — elle parvient à Paris où elle prend la correspondance en direction de Calais. Elle y débarque deux heures avant l'arrivée du steamer qui traverse la Manche pour faire la navette avec Douvres. Grâce à son billet de première classe elle peut s'installer confortablement dans le salon. Elle se sent faible et un peu vacillante : le contrecoup des émotions et du voyage harassant. Mais le ciel est bleuté, la mer est d'huile, les nausées qu'elle redoutait l'épargnent. Alors qu'elle devrait souffrir d'une tension croissante, un calme imprévu et soudain l'enveloppe comme un cocon. En outre, malgré ses incertitudes quant au terme de son périple, elle ressent une excitation croissante à la perspective de visiter enfin le pays natal de ses parents.

Lady Margaret lui a si souvent parlé de l'Angleterre qu'elle n'est pas dépaysée lorsqu'elle en foule enfin le sol. Au contraire tout lui paraît étrangement familier. Elle est juste éberluée d'être passée sans transition de l'embrasement caniculaire d'un été italien à ce climat en demi-teintes, où même un ciel ensoleillé a l'air nimbé d'une brume légère. Sa mère lui a indiqué le trajet qu'elle doit suivre pour aller à Nevon Hall, le manoir de ses ancêtres. Après deux autres changements de ligne Josina rejoint la station que le duc se réserve pour son usage personnel. Le convoi s'y arrête selon les instructions qu'elle a données au chef de train. Josina descend. Si la lettre de sa mère avait pu être expédiée, le duc aurait sans doute envoyé une voiture à cheval à sa rencontre. Mais elle se retrouve seule, désespérément seule.

Curieux, le vieux porteur en poste à la station s'approche. Elle s'enquiert de la possibilité de se rendre à Nevon Hall. L'homme se gratte le crâne avant de répondre avec un accent rocailleux que le manoir est situé à plus de trois kilomètres et difficile à joindre sans carriole, surtout avec des bagages. Josina doit avoir une expression si désemparée qu'il propose spontanément :

— Il y a un fermier qui pourrait vous emmener. Il est par ici. Je m'en vais vous le chercher.

Après son départ, Josina entre dans la salle d'attente minuscule mais pourvue de sièges confortables et d'une table. Il y a aussi une glace accrochée à l'un des murs. Elle s'y inspecte avec désarroi, honteuse de sa robe défraîchie, de sa piètre allure. Une idée subite la traverse alors et lui fouette le moral. Son voile de veuve l'a préservée des importuns tout comme l'avait prévu sa mère. Mais ce subterfuge est désormais inutile. Elle doit arriver au manoir en se montrant sous sa véritable apparence. Elle relève prestement le voile qui lui cache le visage, l'enroule autour du chapeau et le noue derrière celui-ci. Soudain elle a l'impression de retrouver sa personnalité. Elle n'est plus la veuve effacée à l'aspect austère qui a voyagé incognito d'Italie en France. Maintenant, avec ses cascades de cheveux dorés qui, libérés, s'échappent sous les bords étroits du chapeau, elle est redevenue ce qu'elle est en réalité : une très jeune fille en deuil.

À son retour, le porteur ouvre de grands yeux, ébahi par la métamorphose. Mais il s'abstient de tout commentaire et se contente d'annoncer :

— Giles est ici avec sa charrette. Il va vous conduire au manoir. Sa ferme n'est pas loin. Il n'aura qu'un petit détour à faire.

— Merci infiniment, répond Josina. Vous êtes trop aimable.

Il emporte ses valises et les charge dans la charrette du nommé Giles, un grand gaillard rubicond aux cheveux filasse et à la bouche édentée. Josina ne peut faire moins que de lui donner un pourboire en échange de son obligeance. En lui remettant une pièce elle songe avec inquiétude qu'il lui reste moins de dix shillings. Sa seule richesse en ce monde, le reliquat des devises françaises et italiennes qu'elle a changées à Calais avant d'embarquer sur le steamer.

Assise à côté du fermier, elle sent la panique la gagner. Qu'adviendra-t-il si le duc refuse de la recevoir ? Elle devra quitter aussitôt le manoir. Mais pour aller où ? Elle se voit passant la nuit couchée dans un fossé. Ou peut-être dans la petite salle d'attente de la station de chemin de fer, si elle n'a pas la chance d'arrêter une diligence pour y monter. Et quand bien même elle y parviendrait, a-t-elle seulement de quoi payer son retour à Londres ? Pire encore : si jamais elle gagnait la capitale, comment pourrait-elle y subsister sans rien à vendre ni à mettre en gage, à part l'alliance de sa mère ? Elle l'a retirée de son doigt après s'être débarrassée de son voile et l'a mise dans son sac à main.

Peu expansif, le fermier ne cherche pas à engager la conversation. Tous deux gardent un silence rompu seulement pas les bruits de sabots du cheval, le grincement des roues de la charrette. Et soudain, à un détour du chemin, Josina voit se profiler un haut mur de briques. Elle se souvient des récits de sa mère : ce doit être le mur d'enceinte du parc de Nevon. Elle en a peu après la confirmation : la charrette passe entre les deux grands battants d'une grille de fer forgé flanquée des pavillons des gardiens, puis s'engage dans une large allée de sable fin.

Josina a le cœur battant, les lèvres sèches. Elle inspire profondément. Malgré elle un petit soupir de plaisir lui échappe à sa première vision de Nevon Hall, le manoir si souvent décrit par sa mère. Josina l'aurait reconnu de toute façon, elle en a la certitude. Inigo Jones en a été l'architecte initial et les ailes annexes y ont été ajoutées par les frères Adam. Josina lève les yeux vers le toit. Comme le lui avait indiqué sa mère, des statues en couronnent le faîte, entourant le mât qui s'y érige. Selon les renseignements fournis par lady Margaret le duc est bien là, car sa bannière flotte à ce mât, signalant ainsi qu'il occupe sa résidence. Josina a envisagé bien des fois qu'il pourrait être absent lorsqu'elle se présenterait. Elle aurait dû en ce cas convaincre les domestiques de la loger pour la nuit ou jusqu'au retour du maître des lieux. Combien la situation aurait été simplifiée si le duc avait reçu la lettre de sa mère ! Désormais il va lui falloir raconter les plus récentes circonstances de sa vie à un homme qui, chef de la famille ou non, risque d'être contrarié par son intrusion imprévue.

La charrette traverse le pont en dos d'âne qui enjambe un petit lac aux rives ombragées où des cygnes évoluent sur l'eau verdie. À cette minute le fermier se décide enfin à ouvrir la bouche :

— Nous y voilà. Je vous dépose à l'entrée ?

Josina lit dans ses pensées. Comme personne n'est venu l'attendre à sa descente du train, il se demande si la porte de service ne serait pas plus appropriée.

— À la porte principale, oui, réplique-t-elle d'un ton assuré qui masque sa gêne. Vous avez été très obligeant de m'emmener. Le trajet à pied aurait été long.

Elle craint qu'il ne ricane à cette idée, mais il répond avec un sérieux imperturbable :

— Sûrement trop long pour une jeune dame comme vous.

Il arrête son cheval devant une volée de marches. De chaque côté de cet escalier un personnage de pierre arborant un blason monte la garde. Sa mère lui a dit que ce sont les armoiries de la famille. Josina ouvre sa bourse et demande au fermier combien elle lui doit pour son dérangement. Rien du tout, dit-il. Il a été content de lui rendre service. Josina le remercie chaleureusement.

Elle descend de la charrette et voit au même instant un valet de pied surgir sur le perron. Il vient à sa rencontre et elle lui dit :

— Pourriez-vous avoir l'obligeance de vous charger de mes deux valises qui sont à l'arrière ?

Indifférente à l'expression perplexe du valet, elle gravit l'escalier qui mène à la porte d'entrée. Parvenue au sommet, elle aperçoit derrière les vitres un homme plus âgé, sans doute le majordome, qui s'avance dans le large vestibule. Elle s'immobilise pendant qu'il sort et s'approche d'elle.

— Pourrais-je voir le duc de Nevondale, s'il vous plaît ?

— Vous êtes attendue par Sa Grâce, madame ? s'enquiert le majordome.

— Non, j'en ai peur, mais j'ai besoin de le rencontrer pour une affaire de la plus haute importance.

Tout en s'informant de son nom le majordome la dévisage avec une bizarre insistance. Elle lui demande d'annoncer Miss Josina Marsh. Le majordome sursaute alors et s'exclame avec véhémence :

— J'ose à peine y croire. Vous devez être… la fille de lady Margaret !

— Oui, c'est bien moi. Vous avez connu ma mère ?

— Je m'en doutais : je l'ai deviné à l'instant où je posais les yeux sur vous. Vous êtes son portrait à l'époque où je suis entré au manoir comme valet de chambre.

Délivrée d'un poids, Josina ébauche un sourire.

— Je suis si heureuse que vous ne l'ayez pas oubliée.

Mais le visage du majordome se rembrunit. Il observe un bref silence, puis se risque à demander :

— Vous êtes en noir. Je suppose donc que lady Margaret n'est plus de ce monde ?

Josina acquiesce. Elle a du mal à parler tant elle est émue d'être en face de cet homme qui se souvient de sa mère jeune fille.

Le majordome, un homme qui a gardé fière allure et dont les traits distingués semblent façonnés par ses fonctions, se présente.

— Je m'appelle Hichins. Lady Margaret me reconnaîtrait si elle était ici.

— Elle aussi s'est toujours souvenue de vous, répond Josina. Elle me parlait de vous et d'autres membres du personnel qui étaient au manoir lors de son départ.

Les yeux embués, le majordome secoue avec fatalisme sa tête aux cheveux grisonnants

— Quelle triste journée ce fut pour nous. Et maintenant, Miss, vous désirez voir Sa Grâce.

— Oui, je vous en prie. Le duc n'est pas au courant de mon arrivée car ma mère était trop malade pour lui envoyer la lettre qu'elle lui avait écrite.

— Veuillez m'accompagner, Miss, déclare Hichins.

Il la précède le long de la galerie et l'introduit dans une pièce que Josina identifie d'emblée. C'était le cabinet de travail de son grand-père. Rien n'y a changé. Il est demeuré conforme aux images que se remémorait sa mère, avec les épaisses tentures de velours écarlate encadrant les fenêtres et le bureau plat de style Régence à l'élégante simplicité, orné de pieds aux cannelures d'or. Les murs sont décorés par des tableaux de Stubbs, d'Aukins et d'autres peintres spécialisés dans la représentation des chevaux. Les fauteuils et les sofas sont recouverts de cuir grenat. C'est dans cette pièce, se rappelle Josina, que sa mère a tenté de convaincre le duc de renoncer à lui imposer ce mariage de convenance. Elle imagine la scène : sa mère effarouchée, implorante, mais puisant dans son amour l'audace de défier l'autorité paternelle ; le duc impérieux, intraitable, bardé dans le carcan de ses principes et de ses convictions.

Elle entend la voix d'Hichins :

— Restez ici, Miss. Je vais annoncer votre visite à Sa Grâce qui s'habille pour le dîner. Sa surprise sera sans doute encore plus grande que la mienne.

Sans lui laisser le temps de répondre il se retire et la laisse seule. Josina en profite pour tenter de remettre de l'ordre dans ses pensées. Depuis son entrée ici elle a le vertige. L'incongruité de la situation lui apparaît dans toute son ampleur. Elle est ébahie d'avoir pu s'introduire avec une facilité aussi déconcertante au cœur du manoir qu'elle avait imaginé comme une forteresse. En même temps un sentiment de réconfort l'envahit à l'idée de se trouver dans ce domaine où sa mère a grandi et vécu. Elle croit sentir sa présence à ses côtés ; elle se dit que lady Margaret va la guider, lui souffler les mots qu'elle devra prononcer, l'aider comme elle le ferait si elle était vivante. Ce sera difficile, maman, lui confie-t-elle intérieurement. Ta lettre n'a même pas été envoyée au duc ! Mais je vais la lui donner à lire. Peut-être alors sera-t-il plus indulgent envers moi que si j'étais une étrangère.

Elle tire la lettre de son sac à main et se tient debout le dos à la cheminée, le corps parcouru de frissons. Il n'y a pas de feu puisque c'est l'été. L'âtre est garni d'un foisonnement de plantes multicolores. Leur vision suggère à Josina combien les jardins dont parlait sa mère doivent être magnifiques. Aura-t-elle l'occasion de les admirer et de visiter le domaine avant que le duc ne la congédie, dans le meilleur des cas pour l'envoyer chez quelqu'un de la famille ? Elle souhaite de toutes ses forces que son arrivée inopinée ne l'irrite pas. L'attente est longue, si longue que sous l'effet de la fatigue elle cède à un brusque accès de découragement. « Je me fais des illusions, songe-t-elle, je prends mes rêves pour des réalités. »

L'accueil chaleureux d'Hichins l'a mise en confiance. Mais pour le duc elle sera doublement une étrangère, puisqu'il n'a même pas connu sa mère. Que pourrait-elle représenter pour lui ?

Enfin la porte s'ouvre et le duc pénètre dans le cabinet de travail. À cette seconde Josina n'a pas la moindre idée de l'homme à qui elle va être confrontée. Sa mère ne savait rien de ce cousin lointain qui a hérité le titre. Sauf son prénom : Rollo. Elle garde les yeux baissés, trop impressionnée pour oser le regarder en face lorsqu'il referme derrière lui. La pièce autour d'elle est comme un bateau ivre, sous ses talons le sol se dérobe. Elle voudrait se sauver, fuir en courant. Du calme, se dit-elle. Ce n'est pas le moment de passer pour une idiote ou une oie blanche. Et d'ailleurs il est trop tard pour reculer. Le duc s'approche. D'une voix grave qu'elle juge glaciale il énonce :

— Ainsi vous êtes la fille de lady Margaret Marsh. Vous désirez me voir, paraît-il ?

— Oui, Votre Grâce, répond Josina d'une voix étranglée, sans oublier de le gratifier d'une petite révérence. J'ai cette lettre à vous donner.

Elle la lui tend, furieuse de constater que ses doigts tremblent. Le duc s'en saisit, la décachette et la lit. C'est alors seulement que Josina redresse la tête. Non sans étonnement elle s'aperçoit qu'il est bel homme. Elle s'imaginait plus ou moins voir le visage dur et sévère d'un personnage d'âge mûr, sans doute parce qu'elle projetait sur lui l'image de son grand-père à force d'entendre sa mère raconter ses souvenirs. Au lieu de quoi, avec ses cheveux châtain clair et ondulés, son large front, son menton ferme creusé d'une fossette, ses yeux noisette où brille une lueur malicieuse, il possède un charme juvénile qui ne correspond en rien à l'idée que Josina se faisait d'un duc empesé, chef pompeux et solennel d'une noble famille.

Ayant achevé la lettre rédigée de l'écriture mal assurée de lady Margaret, le duc scrute Josina.

— Votre mère m'explique dans ces lignes qu'elle est mourante. C'est sans doute la raison de votre venue.

— Je sais que maman vous priait de m'accepter dans la famille. De trouver une personne qui s'occupe de moi.

— J'entends bien. Mais pourquoi la lettre ne m'est-elle pas arrivée par courrier ?

— Maman voulait vous l'envoyer. Elle avait chargé la domestique de vous la poster. Mais il n'y avait plus un sou à la maison. Après sa mort la seule solution pour moi était de la prendre pour vous la remettre en mains propres.

— Si vous étiez à ce point désargentée, comment avez-vous payé les frais de votre voyage ?

— Maman avait mis une somme de côté pour cela. J'ai suivi ses instructions, je suis partie aussitôt après son enterrement. Mais bien sûr... vous ne m'attendiez pas.

— Eh bien, maintenant que vous êtes là, il va falloir trouver une solution.

Une lueur d'espoir naît dans les yeux de Josina.

— Vous allez m'aider ?

— Vous ne me laissez guère le choix, répond le duc avec un léger sourire. Je ne peux décemment pas vous renvoyer alors que vous êtes démunie. En outre, à en croire votre mère, vous n'avez jamais mis les pieds en Angleterre.

— C'est exact. Vous devez savoir que maman n'avait plus le droit de revenir dans sa famille.

Elle hésite, ignorant la position du duc à l'égard du scandale jadis causé par sa mère. Avec une satisfaction mêlée d'incrédulité elle voit s'épanouir son sourire.

— La fugue amoureuse de votre mère est l'une des anecdotes les plus croustillantes qui aient jamais couru dans cette famille racornie. J'en ai eu cent fois les oreilles rebattues. Rendez-vous compte, quand tous ces bigots et ces ronchons ont eu un sujet aussi énorme à se mettre sous la dent, les cancans se sont déchaînés. Le plus drôle, c'est que votre présence parmi nous va relancer le débat de plus belle !

— J'admire beaucoup maman d'avoir eu ce courage, riposte Josina sur un ton de défi.

Le duc lui renvoie la balle.

— C'est une opinion que je partage, n'en doutez pas. Mais je me suis souvent demandé si le jeu en valait la chandelle. Ce courage, en a-t-elle été récompensée ?

— Je n'ai jamais connu de couple aussi heureux que ma mère et mon père... jusqu'au jour où il est mort.

— Vous avez aussi perdu votre père ? Votre mère ne me dit pas comment.

— Il a été tué au cours d'un duel, explique Josina sans insister.

Le duc s'exclame avec un regard où scintille un éclair de malice :

— Nous sommes en plein mélodrame ! Je sens que votre arrivée va mettre en branle tous les moulins à paroles de notre entourage jusqu'à ce que les oreilles nous carillonnent !

Josina sourit à son tour. Elle pourrait s'offusquer de sa désinvolture vis-à-vis de ses malheurs, mais elle lui sait gré au contraire de ce parti pris de légèreté. Elle lui en aurait voulu de manifester un apitoiement hypocrite. Elle n'est pas venue se réfugier près de lui pour être un objet de commisération.

— Alors vous n'êtes pas fâché que je sois là ?

— Fâché ? Pas le moins du monde, répond le duc. D'ailleurs, comme le signale avec justesse votre mère dans sa lettre, je suis le chef de la famille et, en tant que tel, responsable de tous ses membres, qu'ils soient bons, mauvais ou sans intérêt. C'est ce que nous appelons l'esprit de clan.

Il consulte la pendulette posée sur la cheminée.

— L'heure du dîner approche. Vous voudrez sûrement faire un brin de toilette et vous changer. Je vous accorde vingt minutes. Ce délai vous suffira-t-il ?

— Bien sûr, dit Josina. Je ne sais comment vous remercier de votre accueil. Je pensais que vous alliez me renvoyer.

Le duc écarte les mains d'un large geste.

— Vous renvoyer où ? Hichins m'a raconté que vous étiez arrivée dans la charrette du fermier. Je ne pense pas qu'il vous ait attendue.

— Évidemment non. Mais vous savez, j'ai quand même eu très peur pendant tout ce voyage. Merci encore.

— Demain nous parlerons de votre avenir. Pour l'instant hâtez-vous car j'ai une faim de loup ainsi que mes invités. Un chef cuisinier ne doit pas garder ses plats au chaud, votre mère vous a sûrement appris cette règle essentielle de l'art de vivre.

Son ton badin arrache à Josina un petit rire. Il ouvre la porte, se recule pour la laisser passer, puis ils s'engagent dans le corridor. Hichins est posté non loin de là. Le duc lui adresse un signe.

— Emmenez Miss Marsh à l'étage, Hichins. Je lui ai donné vingt minutes pour se transformer en invitée présentable.

— Très bien, Votre Grâce, obtempère Hichins. J'ai déjà fait monter ses bagages chez Mrs. Meadows.

Pressé, le duc s'éloigne sans répondre. Il traverse la galerie en direction d'une autre porte. Au moment où un valet de pied la lui ouvre, Josina entend un brouhaha de conversations. Ses hôtes sont manifestement déjà là. Elle se hâte de suivre Hichins à l'étage.

Sur le palier se dresse la silhouette imposante d'une femme aux traits placides et bienveillants, habillée de soie noire froufroutante. Josina devine que c'est la gouvernante, Mrs. Meadows. Elle sait qu'à l'instar d'Hichins elle aussi a connu sa mère, mais plus jeune encore puisqu'elle fut sa nurse. Elle s'avance et lui tend la main.

— C'est incroyable, s'écrie Mrs. Meadows. À part la couleur de vos cheveux, Miss, vous lui ressemblez à tel point que je vous aurais identifiée n'importe où !

Josina lui répète ce qu'elle a déjà dit à Hichins : sa mère se souvenait si bien d'eux qu'elle les citait fréquemment. À ces mots des larmes lui viennent aux yeux. Larmes de chagrin, larmes de joie. Tout a été si différent de ce qu'elle appréhendait. Elle a accompli ce qui lui paraissait à première vue impossible. Elle est chez sa mère, deux personnes ont gardé celle-ci présente en mémoire et le duc s'est montré d'une gentillesse imprévisible. Mais désormais elle ne doit pas risquer de l'agacer par son retard. Une porte du corridor s'ouvre, elle entre dans une pièce luxueuse. Et elle voit deux femmes de chambre déjà occupées dans un remue-ménage efficace et silencieux à défaire ses bagages.

Habillée en moins d'un quart d'heure, elle repart vers le rez-de-chaussée, vêtue de la robe du soir noire de sa mère. Emily et Nanny, les femmes de chambre, l'ont aidée avec diligence et dextérité. Le temps leur étant compté, elles ont à peine prononcé un mot. Elles ont retiré de ses valises ce qu'elle devait mettre, lui ont enlevé les vêtements qu'elle portait durant son voyage. Josina aurait aimé prendre un bain mais savait que c'était impossible : sa mère lui avait expliqué que l'eau chaude devait être montée à l'étage par les valets de pied. Les femmes de chambre ont toutefois installé devant la cheminée un tub au fond duquel elles ont mélangé de l'eau chaude et froide contenue dans des bassines de cuivre. Aussitôt prête, Josina a descendu précipitamment le grand escalier, accueillie dans la galerie par un Hichins radieux qui lui a dit : « Vous êtes superbe, Miss », assortissant ce commentaire d'un large sourire approbateur. Elle se sentait aussi fière que si elle avait gagné une course de chevaux ou un cross-country. D'un pas alerte il l'a précédée jusqu'au salon de réception.

Ouvrant la porte, Hichins annonce d'une voix de stentor :

— Miss Josina Marsh, Votre Grâce !

Elle entre. Il y a là six personnes, trois femmes et trois hommes dont l'un est le duc. Ce dernier se lève et vient à sa rencontre. Il est fort impressionnant, elle doit se l'avouer, dans son habit de soirée.

— Je vous félicite de votre ponctualité, lance-t-il. Venez que je vous présente à mes amis.

Prise dans le tourbillon qui s'ensuit, Josina ne regarde pas les convives avant qu'ils ne soient tous assis autour de la table de la salle à manger. Au moment des présentations elle se sentait mal à l'aise, intimidée. Elle avait conscience d'être une intruse, et de ne pas être forcément la bienvenue. Elle en a d'ailleurs la confirmation en surprenant les coups d'œil plutôt hostiles que lui jette la femme assise à la droite du duc.

Josina a compris qu'elle est française et, au cours du dîner, elle apprend qu'il s'agit de la comtesse de Soissons, épouse de l'un des attachés à l'ambassade de France. En raison de ses voyages en compagnie de ses parents dans tous les lieux les plus brillants d'Europe, elle a su très tôt évaluer avec perspicacité les êtres humains. Elle n'est pas dupe de leur apparence ou de leurs artifices, et son intuition sait discerner leur personnalité réelle. Ainsi catalogue-t-elle aussitôt la comtesse et les deux autres invitées, prénommées Kitty et Doris, comme appartenant à cette catégorie de femmes que sa mère détestait : celles qui cherchaient invariablement à flirter avec son père et le poursuivaient de leurs assiduités.

Lady Margaret ne se rendait jamais avec lui dans les casinos mais elle était amenée en d'autres occasions à côtoyer ses fréquentations de jeu. Josina en grandissant a très vite remarqué le maintien crispé de sa mère lorsqu'une femme séduisante, en général trop maquillée, posait la main sur le bras de son père en lui disant, minauderies, œillades provocantes et battements de cils à l'appui : « Capitaine d'Arcy, quelle joie de vous rencontrer ! Et mes compliments pour votre succès de l'autre soir. » Même si à l'évidence son père n'était pas attiré par ce genre de créatures, elles n'en persistaient pas moins à tenter leur chance auprès de lui. C'était à cause de telles femmes et des godelureaux agglutinés à elles comme des toutous que lady Margaret s'en allait sans regret de lieux tels que Monte-Carlo. Mais inévitablement d'autres spécimens de la même espèce surgissaient partout où ses parents se fixaient et le manège recommençait de plus belle autour de son père.

Malgré son séjour chez les sœurs, Josina est restée influencée par cette éducation cosmopolite qui l'a précocement avertie des choses de la vie. Et c'est ainsi qu'elle acquiert cette certitude : ni la comtesse ni ces deux femmes n'auraient reçu l'approbation de sa mère. Chacune à sa façon, elles sont toutes les trois séduisantes. Mais leurs cils sont empoissés de mascara, leurs lèvres peintes d'un rouge trop vif. Elles ont des robes au décolleté trop échancré, chargées de trop de fanfreluches pour un simple dîner à la campagne. Quant aux hommes, ils sont sans nul doute de bonne famille. Mais quand le regard de Josina croise le leur ils la dévisagent avec cette expression de convoitise qui a incité sa mère à l'envoyer au couvent avant ses seize ans.

Jamais sa mère n'aurait pu s'imaginer, réfléchit-elle, que le duc était un de ces hommes jeunes que son père qualifiait de noceurs. Elle se souvient, un jour où lady Margaret critiquait un individu de cette espèce qu'il avait en amitié, de l'avoir entendu lui répliquer :

— Ma chérie, tu rencontreras des noceurs n'importe où. Et quel serait le triste sort des femmes s'ils n'étaient pas là pour les flatter, profiter de leurs regards allumeurs et répondre à leurs avances ?

Lady Margaret n'ignorait pas qu'il la taquinait. Elle n'en avait pas moins répondu d'un ton faussement sévère :

— C'est ainsi que tu voudrais que je me conduise, d'Arcy ?

Il l'avait enlacée en riant.

— Ne me joue pas la comédie. J'ai ce que je veux, tu le sais bien, et jamais je ne le perdrai. En tout cas je suis ravi, mon ange, que tu m'aimes encore assez pour te montrer jalouse.

Il avait scellé cette déclaration d'un baiser passionné qui s'était prolongé avec une telle ardeur qu'ils en avaient tous deux oublié la présence de Josina dans la pièce.

Celle-ci se rappelle néanmoins combien sa mère craignait toutes ces créatures aguicheuses, aux appas généreux, qui gravitaient dans les sphères où il se mouvait. Et qui étaient invariablement attirées par l'homme de belle prestance qu'il était toujours resté.

Le dîner suit son cours, les verres de vin sont remplis aussitôt bus, le ton des voix et des rires monte. La comtesse devient de plus en plus câline avec le duc dont elle ne cesse de caresser la main de ses doigts effilés. Josina observe et se tait. Oui, ma pauvre maman, se dit-elle, tu avais tout prévu sauf ce qui m'attendait dans la demeure de ton enfance. Et il est bien évident que je suis ici de trop. Au milieu de ces trois couples à l'embarrassante complicité elle ne se sent pas à sa place. C'est avec cette pensée en tête qu'à la fin du repas, au moment où les dames se retirent au salon, elle prend la comtesse à part et lui confie dans le creux de l'oreille :

— J'espère que vous ne me trouverez pas trop impolie si je vais me coucher. Après avoir voyagé trois jours, je suis vraiment très lasse.

Elle distingue comme un soulagement au fond des yeux noirs de la comtesse.

— Bien sûr, ma pauvre enfant. Il vous faut dormir maintenant pour être demain matin fraîche comme la rosée. N'hésitez pas à monter tout de suite. Je transmettrai vos excuses à notre hôte. Ne soyez pas inquiète, je sais qu'il comprendra.

— Oh ! il comprendra, je n'en doute pas, puisqu'il croit tout ce que vous lui dites, déclare l'une des femmes d'un ton significatif.

— Et pourquoi en serait-il autrement ? riposte la comtesse. La règle est simple : je lui dis tout ce qu'il a envie d'entendre.

Elle a parlé en français mais Josina bien sûr a compris. Ainsi que les insinuations cachées derrière les mots. Elle prend congé de ces dames visiblement ravies qu'elle s'éclipse, puis regagne sa chambre où, sans en être surprise outre mesure, elle retrouve Mrs. Meadows.

— Je me doutais, Miss Josina, que vous viendriez vous coucher tôt. C'est tout à fait raisonnable de votre part.

— Je ne tiens plus debout, acquiesce Josina. Dormir assise dans un train n'est pas une expérience de tout repos.

— Dieu me préserve de devoir être soumise à une telle épreuve. Venez que je vous enlève votre robe. Plus tôt vous fermerez vos jolis yeux, plus vite vous reprendrez des forces.

Elle a pris d'instinct les inflexions de voix d'une nurse attentionnée. Josina s'abandonne à elle, trop heureuse de la laisser lui enfiler sa chemise de nuit. Au moment où elle se glisse sous les draps Mrs. Meadows lui chuchote :

— Maintenant dormez et oubliez tout jusqu'au matin. Les choses ici ne sont plus ce qu'elles étaient du temps de votre mère mais nous en reparlerons une autre fois.

— Elles ont donc tellement changé ? s'enquiert Josina.

— Oui, et pas en mieux. Mais Sa Grâce entretient le domaine avec la même compétence que jadis votre grand-père et prend quand même au sérieux certaines de ses responsabilités.

— Alors, soupire Josina, j'espère qu'il acceptera de me compter parmi elles.

Mrs. Meadows pince les lèvres.

— Par égard pour votre mère, Dieu ait son âme, je vous souhaite d'être admise chez un membre de la famille qui s'occupera de vous comme elle l'aurait souhaité. Ce ne serait pas sain pour vous d'habiter ici, mais je préfère ne pas aborder ce sujet.

Elle se dirige vers la porte et conclut :

— Dieu vous bénisse et vous protège, Miss Josina.

Elle s'en va et Josina se retrouve dans la pénombre. Elle interprète sans peine les insinuations de Mrs. Meadows. La gouvernante est incapable de surmonter ses réticences envers la comtesse et les autres femmes que fréquente le duc. La demeure de son grand-père austère et rigoriste serait-elle devenue un lieu de rendez-vous galants ? Avec une ironie amère Josina pense que sa mère doit se retourner dans sa tombe.

Malgré sa lassitude, elle a du mal à s'endormir. Son corps aspire au repos mais son esprit est agité. Elle songe à la succession d'événements qu'elle a vécus en si peu de jours après avoir été arrachée au cocon douillet du couvent. La tristesse qu'elle a cru un moment avoir laissée derrière elle en Italie, après l'accueil plutôt favorable du duc, soudain lui serre la gorge. Elle songe au duc lui-même, elle revoit nettement son visage, elle l'imagine avec la comtesse, des visions confuses de leurs étreintes la poursuivent sans qu'elle ait trop à les inventer car, ayant vécu dans l'intimité de son père et de sa mère, il lui est arrivé de surprendre certains de leurs moments d'abandon. Elle songe à son père et, pour la première fois, se demande si lui aussi a été un jeune libertin aux conquêtes faciles avant de rencontrer le seul véritable amour de sa vie. Elle se demande si ces noceurs qui passent de femme en femme ne sont pas tous en réalité, même sans en avoir conscience, à la recherche d'un amour tel que celui-là. Elle revoit le visage de son père en l'idéalisant sous les traits du jeune homme qu'elle n'a pas connu, celui qui est tombé amoureux de sa mère et l'a enlevée tel un bandit de grand chemin. Elle revoit de nouveau le visage du duc mais, bizarrement, il se superpose à celui de son père comme s'il s'agissait d'un seul et même visage. Et ce visage se penche vers elle pour l'embrasser ainsi que le faisait son père pour lui dire bonne nuit dans son lit quand elle était enfant. Puis le visage se fragmente, se dissout. Josina se sent happée par un gouffre soyeux, elle a l'impression de planer, délivrée de la pesanteur, libérée des attaches terrestres, et le sommeil referme enfin sur elle son manteau de velours noir.

3

Son réveil est paisible et doux. Au début c'est comme si elle n'avait plus de mémoire. Elle ne sait pas où elle est. Elle ne se souvient de rien, pas même des circonstances qui l'ont amenée ici. Elle sait seulement qu'elle est bien. Elle sait aussi qu'elle a rêvé. Dans son rêve quelqu'un lui murmurait des mots tendres à l'oreille, des paroles de réconfort. Mais bientôt Josina s'extirpe du monde floconneux du sommeil, à regret tant ce refuge est tiède et caressant, et elle émerge peu à peu dans un réel dont la vision est une autre source de plaisir. La personne dans son rêve était sa mère. Et elle se trouve… dans la demeure où celle-ci a vécu durant ses années d'enfance et d'adolescence !

Elle ouvre les yeux. Elle a peine à y croire. Elle n'est pas au couvent. Ni dans la vétuste maison de Pavie. Elle est couchée sous les draps de soie rose d'un lit à baldaquin, dans une chambre spacieuse ornée de dorures et de lambris, où le soleil matinal entre à flots. Depuis hier soir elle est à Nevon Hall. Elle est arrivée à bon port, le plan de sa mère a réussi, elle a enfin un refuge.

Josina s'étire voluptueusement, s'accordant ce répit en signe d'adieu symbolique à la pension, où les réveils se déroulaient comme une épreuve de vitesse à la cadence infernale. Juste après la sonnerie stridente de la cloche, les sœurs surveillantes entamaient au pas de charge, dans un tumulte de cavalcade, la tournée des chambres dont elles enfonçaient les portes comme un ouragan. Toute fille qui n'était pas debout aussitôt subissait une réprimande ; trois réprimandes entraînaient un blâme et deux blâmes une punition. À cette évocation Josina se permet sans remords un sourire moqueur et, rien que pour le principe, s'offre le luxe de quelques minutes supplémentaires de paresse. Mais l'excitation et la curiosité sont les plus fortes. Soudain, n'y tenant plus, elle rejette les draps et, pieds nus, court vers la fenêtre voir le spectacle qui s'offre à elle.

Il est tôt. Le soleil encore bas dans le ciel fait miroiter le lac d'une coulée de reflets dorés. Les cygnes se déplacent en cortège sous l'une des arches du pont. Le gazon des pelouses est d'un vert tendre et délicat. Aux alentours se déploie la masse épaisse des chênes centenaires. Sous leurs frondaisons se reposent cerfs, biches et daims, dont seuls de légers mouvements de la tête attestent qu'ils ne sont pas des éléments factices du décor. Et derrière les chênes s'ouvre une longue allée bordée de taillis et de sous-bois où règne une pénombre prometteuse de secrets et de mystères.

Josina est subjuguée par la beauté de ces jardins. Au point qu'elle s'écrie : « Comment as-tu pu abandonner une telle splendeur, maman ? » Elle se le reproche aussitôt. Elle sait que sa mère n'a jamais regretté un instant de s'être enfuie avec l'homme de sa vie ; de toute façon, mariée avec le prince, elle aurait malgré tout dû quitter ce domaine enchanteur. Il n'en reste pas moins qu'elle a toujours gardé dans son cœur le souvenir de Nevon Hall, telle une blessure mal cicatrisée qui se rouvrait chaque fois qu'elle en parlait trop longuement.

Josina frissonne dans sa chemise de nuit légère, conçue pour les chauds étés italiens. Elle s'arrache à sa contemplation, résolue à s'habiller le plus vite possible. « Je dois tout explorer, se dit-elle, au cas où le duc m'enverrait dès aujourd'hui chez une relation familiale. » Elle espère que ce ne sera pas à Londres. Elle a connu tant de grandes villes et si peu vécu à la campagne où la portent cependant ses préférences. Sans hésitation elle se rabat sur l'une de ses robes ordinaires de pensionnaire et coiffe ses cheveux en chignon ; surtout après ses contacts avec les dames « mondaines » d'hier soir, elle n'a réellement pas envie de faire de chichi ni de chercher à attirer l'attention du duc.

Elle ouvre discrètement sa porte et descend l'escalier. Les femmes de chambre s'activent déjà à nettoyer le carrelage du salon. En bas les valets de pied remettent de l'ordre dans le hall. Ils la regardent tout d'abord avec surprise avant de sourire en la reconnaissant.

— Bonjour, leur dit Josina. Il fait si beau que j'ai voulu profiter du soleil.

Sans attendre leur réponse, elle franchit la porte principale grande ouverte et descend la longue volée de marches qu'elle a gravies la veille les jambes vacillantes, l'estomac tordu par l'anxiété. Le manoir lui avait paru imposant ; il l'est davantage encore aujourd'hui. Mais elle peut désormais promener ses regards où bon lui semble, sans avoir le corps contracté ni les mains tremblantes de peur. Elle se décide à s'éloigner du lac pour y revenir une autre fois. Et elle entreprend de contourner le manoir, certaine de trouver à l'arrière des bâtiments les parcs floraux, le terrain de boules et la cascade dont sa mère lui a maintes fois parlé.

Elle n'est pas déçue. Tout est bien là comme dans son imagination, mais c'est infiniment plus beau et plus vaste qu'elle ne l'aurait cru. Les plates-bandes et les massifs de fleurs sont des symphonies de couleurs étincelantes. Rien de ce qu'elle a connu à l'étranger, même à Paris ou à Vienne, ne peut se comparer avec une telle magnificence.

À la sortie du parc elle traverse des bosquets où elle voit détaler des lapins, écoute les bruits infimes des bestioles qui se sauvent au ras du sol. Au milieu d'une grande pelouse une fontaine déverse son jet d'eau. Les rayons du soleil s'y projettent et c'est comme une multitude d'arcs-en-ciel qui retombent dans le bassin aux bords finement sculptés. Josina s'immobilise face à cette splendeur. Elle renverse la tête en arrière et le soleil allume des reflets cuivrés dans ses cheveux. Des secondes passent sans qu'elle bouge. Elle entend derrière elle des pas feutrés par le tapis d'herbe. Quelqu'un s'approche. Elle se retourne. C'est le duc.

— Je vois que vous admirez la fontaine. Votre mère vous a sûrement dit qu'elle a été construite voici des siècles.

— Oui, dit Josina, mais malgré ses récits rien ne m'avait préparée à un tel émerveillement.

— C'est ce que j'ai ressenti à ma première visite à Nevon Hall, réplique le duc en souriant.

— Vous attendiez-vous à en devenir un jour le propriétaire ?

— Absolument pas. Il ne m'était jamais venu à l'idée que je pourrais un jour avoir cette chance alors que trois héritiers de la lignée avaient la préséance sur moi. Je pensais rester toute ma vie un « cousin éloigné ».

— Et maintenant ? demande Josina avec un léger sourire.

— Eh bien, même maintenant, il y a des jours où cette chance me paraît incroyable. Chaque fois que j'y reviens, le domaine me semble encore plus beau.

Josina, prise de court, estime que ce n'est pas le genre de réaction ni de propos dont elle l'aurait jugé capable. En remarquant son expression de curiosité il poursuit :

— Me considérez-vous, de même que tous les Nevon, comme un usurpateur ?

— Loin de moi cette idée, s'empresse d'assurer Josina. Évidemment ma mère a été bouleversée par la mort de ses deux frères. Mais elle a toujours déploré de ne pouvoir vous connaître.

— J'aurais moi aussi été heureux de la rencontrer, déclare le duc. Les domestiques qui l'ont connue m'affirment que votre ressemblance avec elle est frappante. Et ils m'ont souvent parlé de sa très grande beauté.

Josina met une seconde à s'avouer qu'avec cette phrase détournée il vient de lui adresser un compliment des plus directs. Elle s'empresse de rectifier :

— Aucune femme ne pouvait être aussi belle que maman. Mon père le lui répétait toujours. Il avait pourtant beaucoup voyagé et avait côtoyé presque toutes les femmes les plus séduisantes d'Europe.

Le duc détourne la conversation.

— Votre père m'a toujours fasciné. Est-il exact que toutes ses rentrées d'argent provenaient du jeu ?

— Nous n'avions pas d'autre source de revenus, explique Josina. Mais vous n'ignorez sûrement pas que la chance au jeu est aléatoire. Nous avons été parfois très riches, parfois très pauvres.

— Une existence pareille devait être par moments quelque peu déconcertante, remarque le duc en riant.

— Pour eux cette incertitude n'avait pas l'air de compter. Maman et papa étaient si heureux de vivre ensemble qu'ils ne se souciaient même pas d'habiter un hôtel de luxe ou un meublé miteux. Pour eux le cadre était sans importance. Il leur suffisait de se regarder dans les yeux pour ne plus voir ce qui les entourait.

En se confiant au duc Josina se replonge dans le passé. Le duc de son côté s'est mis à l'examiner avec une attention qu'il ne lui avait pas accordée la veille. Et il s'aperçoit que, parmi ses multiples conquêtes, il n'a jamais rencontré une seule femme dont les yeux soient aussi expressifs et troublants. Il a presque l'impression, tandis qu'elle parle, de pouvoir lire dans les pensées de Josina. C'est ainsi qu'il perçoit, en l'entendant évoquer la vie de ses parents, combien ils lui manquent. Il la devine au bord du désespoir et comprend qu'il est temps de changer de sujet.

— Je vous propose de rentrer déjeuner. Ensuite vous aurez peut-être envie de visiter les écuries.

— Ce serait pour moi un immense plaisir, confirme Josina. Vous devez avoir des chevaux superbes, comme en possédait mon grand-père.

— J'espère remporter autant de trophées que lui, mais la concurrence est beaucoup plus rude aujourd'hui qu'à son époque.

Ils retournent vers le manoir en s'entretenant de chevaux. À leur entrée dans la salle du petit déjeuner, Josina est perplexe de n'y trouver personne. La pièce est conforme en tous points aux descriptions de sa mère. Elle reconnaît les vaisseliers de chêne massif ainsi que les plats d'argent garnis en permanence sur le buffet, à toute heure de la matinée comme le veut la tradition, afin de permettre à quiconque le souhaite de se restaurer au passage. Elle prend une assiette, mais il y a un tel assortiment de mets appétissants qu'il lui est difficile de choisir. Quand elle a terminé, le duc emporte leurs deux assiettes et dépose celle de Josina à côté de la sienne.

Il s'assied à l'extrémité de la table. Pas d'autre présence à l'horizon. Nul signe de vie. C'est comme s'ils étaient seuls elle et lui dans le domaine. Au bout d'un moment Josina ne peut se retenir de poser la question qui lui brûle les lèvres :

— Où sont donc passés vos amis ? Ils sont partis se promener à cheval ou ils sont juste en retard pour le petit déjeuner ? J'avais toujours cru qu'on se levait tôt en Angleterre.

— Tout dépend de l'heure à laquelle on se couche. C'est moi qui les ai poussés à veiller jusqu'à une heure fort tardive. Comme votre père, même sans aller dans les casinos, j'adore le jeu. Je les ai entraînés dans des parties de backgammon, de whist et de gin-rummy à n'en plus finir. Les malheureux ont fini par demander grâce. Et contrairement à moi qui ai l'habitude de me lever aux aurores, ils ne doivent pas encore s'en être remis.

Josina ne dit mot. Mais le mensonge plutôt laborieux du duc l'agace. Il me prend pour une idiote, se dit-elle. Il ne me croit pas capable de soupçonner à quoi des couples peuvent occuper la nuit ? À force d'être mêlée à la vie de ses parents et d'entendre son père afficher ouvertement ses opinions frondeuses de libre penseur, elle est loin d'être une petite fille naïve.

La voyant méditative, le duc l'interroge :

— Vous n'avez pas faim ?

Josina a l'impression de retomber sur terre. Elle examine cet homme qui la considère avec sympathie et dont le regard ce matin la met vaguement mal à l'aise. Elle s'excuse auprès de lui et s'attable à son tour pour consommer la caille en gelée et les blancs de poularde en sauce aux fines herbes qu'elle s'est servis. Le duc lui pose alors une question inattendue :

— Est-il vraiment possible que ce soit votre première visite en Angleterre ?

— Vous savez bien que, sa famille l'ayant chassée, ma mère n'a jamais pu y revenir.

— Je le sais, bien entendu. Mais c'est étrange : vous avez l'air anglaise jusqu'au bout des ongles et connaissez apparemment nos coutumes, alors que vous avez toujours vécu sur le continent.

— Ce doit être à cause de l'éducation que j'ai reçue ces deux dernières années dans un couvent.

— Un couvent ! s'exclame le duc.

Sa stupeur semble si profonde que Josina ne peut s'empêcher de lui lancer avec une ironie teintée de rancœur :

— Alors à votre avis je menais une vie de débauche sous prétexte que mon père était un pilier de casinos ?

Un temps s'écoule avant que le duc reprenne :

— Pour ma part je n'avais pas d'idée préconçue. Mais les membres de notre famille, eux, en sont persuadés. Ils vont avoir le choc de leur vie en vous découvrant si différente de ce qu'ils attendent.

— Vraiment si différente ?

Le duc hésite avant de poursuivre :

— C'est sans doute à cause de vos années de couvent que vous semblez tellement simple, tellement… naturelle.

La fin de sa phrase ne lui est pas venue spontanément. Josina a l'impression qu'avant d'opter à la dernière seconde pour un autre mot il avait d'abord failli dire « innocente ». Mais elle se fait peut-être des idées. Et si par hasard c'était vrai, s'il la jugeait comme une fille « innocente » au regard de la comtesse qui pour sa part a tout l'air d'une rouée sans scrupules, elle prendrait cette appellation comme un compliment (même involontaire) de sa part.

— Il est vrai, rétorque-t-elle, que la discipline là-bas était très stricte. Les autres élèves auraient été choquées de savoir que mon inscription était payée par les gains de mon père à la roulette.

Elle s'abstient d'ajouter que, pour convaincre la Mère supérieure d'accepter sa candidature, sa mère a mis en avant son titre de noblesse. Après sa fuite, elle s'est toujours fait appeler « Mrs. Marsh » et n'a jamais jugé utile de faire état de ses origines. On l'aurait traitée avec plus d'égards et de respect si on avait su qu'elle était la fille d'un duc. Mais elle avait renoncé à toute vanité. Son unique désir était d'agir en épouse fidèle. Elle avait pris le nom de son mari et s'était efforcée avec le plus grand soin de passer inaperçue. Elle n'avait observé qu'une exception à cette règle de conduite : en écrivant au plus important couvent de Florence pour y inscrire Josina, elle avait clairement indiqué son titre et ses antécédents familiaux. La Mère supérieure ne pouvait manquer d'être favorablement impressionnée ; plus tard, en apprenant que le père de Josina était un joueur professionnel, elle s'était gardée du moindre commentaire et Josina n'avait eu à subir aucune discrimination.

En réfléchissant aux remarques lancées par le duc, Josina aboutit à une triste conclusion qui ne l'avait pas encore effleurée. Tous ces aristocrates britanniques, ces puritains rigoristes sont engoncés dans l'ordre moral édicté par leur souveraine, objet des risées de son père qui la surnommait avec irrévérence la « guenon » ou le « pot à tabac ». Ils ont été si choqués par la rébellion inqualifiable de sa mère qu'ils vont s'attendre à voir la fille contaminée par la vie de ses parents. Ils se doutent bien que sur le continent son père a fréquenté un milieu qu'ils estiment dissolu. Et ils se persuaderont que Josina a suivi la même voie. On considère en Angleterre que ce milieu est un outrage aux bonnes mœurs. Depuis l'ouverture du casino de Monte-Carlo, le clergé d'autres pays voisins l'a dénoncé comme un lieu de turpitude, comme l'« enfer sur terre ». Mais en Angleterre, patrie des culs bénits, l'opinion publique elle-même a emboîté le pas. Le courrier des lecteurs des journaux anglais regorgeait de lettres indignées à l'idée qu'un honnête citoyen de Sa Majesté puisse mettre les pieds dans cet antre de perdition. Josina se rappelle encore son père lisant à haute voix de pareilles sottises à sa mère et les saluant d'un rire moqueur.

— Comment le public peut-il avaler tous ces bobards ? s'est-il exclamé un jour. Que les gens dépensent leur argent pour jouer, c'est un fait. Mais j'ai connu à Londres des endroits bien plus épouvantables en tous points que Monte-Carlo ou n'importe quel autre casino.

— Les évêques ont convaincu leurs fidèles que le jeu est un péché, a répondu lady Margaret.

— Ils feraient mieux d'aller voir les atrocités qui règnent à Piccadilly Circus ou à St. James, a riposté d'Arcy Marsh. Ils sauraient alors ce qu'est l'« enfer sur terre ». Moi je l'ai vu de mes yeux...

D'un doigt sur les lèvres lady Margaret lui a intimé le silence. Il s'est retourné vers Josina assise non loin d'eux, un livre sur les genoux. Elle feignait manifestement de lire sans perdre un mot de la diatribe de son père. Jetant avec mépris le *Times* sur le parquet, il s'est alors adressé à sa fille.

— Ne l'oublie jamais, Josina : si une chose te semble condamnable, assure-toi avant tout que tu es en droit de t'insurger contre elle et que ce n'est pas la vieille histoire de la poêle qui se moque du chaudron.

Tout comme son père Josina estimait que cette guerre contre le casino de Monte-Carlo était grotesque. Les racontars sur les joueurs ruinés en une nuit et acculés au désespoir, voire au suicide, relevaient d'une impudente exagération journalistique.

— À en croire ces sacrés évêques anglicans à la bouche en cul de poule, a dit son père une autre fois, on pourrait penser que la moitié de la population, prise d'une folie collective, court se jeter dans la mer tête baissée. J'en parlais récemment au préfet de police : il m'a précisé n'avoir eu qu'un seul cas de suicide en six mois, et encore les manchettes des quotidiens l'avaient-elles attribué par erreur à des dettes de jeu.

En tout cas, à mesure que grandissait Josina, la mode croissante du jeu était de plus en plus blâmée en Angleterre, alors même qu'elle se répandait comme une traînée de poudre à Hambourg, Marienbad, Baden-Baden et bien d'autres lieux notoires à travers l'Europe. Elle lisait les journaux anglais que ses parents achetaient partout où ils séjournaient. Elle lisait aussi les journaux français satiriques où caricatures et quolibets raillaient la perfide Albion et sa classe de « vieux possédants puritains » soutenus par une reine autocratique, mégalomane et vieillissante, avant tout soucieuse de mener avec son Premier ministre Disraeli une politique hégémonique d'expansion coloniale. Et ce pouvoir autoritaire était mal vu dans une France redevenue républicaine après la Monarchie de Juillet et la chute du Second Empire. Certains pamphlétaires souhaitaient même un changement de régime outre-Manche pour donner de l'air à un pays étouffé sous l'immobilisme et la sclérose culturelle.

Plongée dans ses songeries, Josina se demande soudain si ce n'est pas une erreur de vouloir vivre dans ce pays où, à cause de son père, elle risque d'être mise au ban de la société. Pire encore, de devoir écouter ces bonnes âmes hypocrites qui n'ont même pas connu l'homme qu'il était le dénigrer et critiquer sa conduite sans rien y comprendre. Il s'amusait à jouer comme d'autres s'adonnent au polo, participent à des courses de chevaux ou chassent le coq de bruyère. Ce qui ne l'empêchait pas d'être généreux, souvent même trop généreux envers ceux à qui la chance n'avait pas souri. Jamais il n'en parlait à son épouse, mais Josina et elle entendaient raconter diverses anecdotes. S'il gagnait une petite fortune auprès d'un jeune homme que cette perte ridiculisait publiquement, il lui restituait une partie de ses gains en lui expliquant que le jeu est avant tout l'école du sang-froid, de la maîtrise de soi, et lui conseillait d'apprendre à se montrer plus sensé à l'avenir.

Josina sait en quels termes l'Église qualifie ces casinos où son père passait le plus clair de son temps. Elle est assez intelligente et lucide pour savoir que le clan des Nevon va s'attendre à voir en elle une de ces filles peinturlurées, aux toilettes voyantes, qui fréquentent ce genre d'endroit dans le seul but de faire les poches aux heureux gagnants. Une fois de plus le duc semble décrypter ses pensées et, après ce long silence où il a senti vagabonder l'esprit de Josina, il lui dit avec douceur :

— Surtout ne soyez plus inquiète. Je connais des gens de la famille qui n'en reviendront pas de vous voir et seront en outre ravis de rencontrer en vous la fidèle réplique de votre mère telle qu'ils l'ont connue.

— Ils s'imaginaient donc que maman était devenue une femme de mauvaise vie ? questionne Josina avec audace.

— Oh ! il n'y a certes rien à espérer des membres de l'ancienne génération, répond le duc. « On ne touche pas à la poix sans rester encrassé », c'est leur devise.

Il a un sourire à la fois sardonique et crispé. Puis il ajoute :

— Vous ne tarderez pas à découvrir qu'ils me rangent à peu près dans la même catégorie que votre père.

Josina ouvre de grands yeux et s'apprête à demander pourquoi mais la réponse est évidente. Elle revoit le dîner de la veille, la comtesse et ses yeux dévorants fixés sur le duc, les deux autres femmes et leur attitude envers leurs compagnons. Et tout ce petit monde a fait la grasse matinée après une nuit exténuante passée à quoi... au juste ? Ah, oui, à jouer aux cartes et au backgammon !

— Et maintenant, déclare le duc d'un ton plus grave, il va me falloir décider ce que je vais faire de vous.

Au moment où il achève sa phrase, la porte s'ouvre et les deux autres hommes de la veille pénètrent dans la pièce. Josina se souvient que l'un d'eux se prénomme Harry et l'autre Johnnie. Elle ignore leurs noms de famille. Le duc lève les yeux vers eux à leur entrée.

— Vous n'étiez pas pressés de sortir du lit, remarque-t-il.

— Cela vous étonne ? répond Harry. Vous savez pourtant combien Doris est insatiable !

S'approchant de la table, il remarque alors la présence de Josina et, contrarié à l'idée d'avoir commis un impair, ajoute vivement :

— L'ennui, Rollo, c'est que votre vin d'hier soir était trop capiteux. Je vais avoir besoin d'un peu d'exercice pour m'éclaircir les idées.

— J'y pensais aussi, renchérit Johnnie. Alors, et ces chevaux qui ont la meilleure réputation d'Angleterre ? Aurons-nous le plaisir de les monter ?

— Je me doutais que vous en auriez envie, répond le duc. J'ai déjà ordonné qu'on m'en selle un dans une demi-heure.

Il se tourne vers Josina :

— Et vous, très chère amie, seriez-vous tentée de vous joindre à nous ? Ou souffrez-vous encore des fatigues de votre voyage ?

Josina, aux anges, ne se fait pas prier.

— Je serais ravie de faire du cheval. Maman m'a souvent parlé des courses privées qui avaient lieu ici. Je sais qu'elle participait aux steeple-chases que son père organisait tous les ans.

— Par une bizarre coïncidence, remarque le duc, j'en ai justement prévu un aujourd'hui. Et il y a bien cent personnes du domaine qui m'ont indiqué ce qu'on attend de moi en une pareille occasion.

Johnnie éclate de rire.

— Il faut maintenir les traditions, aucun doute. Je serai enchanté de courir dans le steeple-chase d'aujourd'hui si vous me fournissez un cheval.

— Bien sûr, acquiesce le duc, mais je crois qu'il vaut mieux attendre le courant de l'après-midi pour que le temps se rafraîchisse. D'autre part nous devrions avoir le mois prochain un *point-to-point*[1].

— Excellente idée, approuve Harry. Je possède un cheval que j'aimerais amener, Rollo, car je parie qu'il est au moins l'égal de tout ce que vous avez de mieux dans vos écuries.

— C'est un défi, dit le duc en riant.

Il reporte son attention sur Josina qui les écoute.

— Si vous voulez nous accompagner, ma chère, il serait temps pour vous d'aller revêtir une tenue.

Josina pousse une plainte consternée.

— Je n'en ai pas apporté. Nous ne montions pas à cheval à Florence et je n'ai rien à me mettre.

Elle omet de préciser qu'en fouillant la maison de Pavie elle a constaté que sa mère avait vendu les tenues d'équitation, bottes et culottes de cheval de son père ainsi que les siennes. Elle a vendu aussi la tenue qu'il avait achetée à Vienne à Josina pour qu'elle suive les cours de la fameuse école équestre espagnole d'où elle était sortie classée parmi les meilleures. Mais à quoi bon le regretter ? Elle a grandi au cours de ses deux années de pension ; sa

1. Course de chevaux dans laquelle la liberté est laissée au cavalier de choisir son parcours d'un point à un autre. (N.d.T.)

tenue serait aujourd'hui trop étroite, ses bottes d'une pointure trop petite.

Voyant sa déception, le duc la rassure :

— Soyez certaine que Mrs. Meadows a soigneusement conservé tous les vêtements de cheval de votre mère. Elle ne les aurait jetés pour rien au monde. Je crois même savoir qu'il y a dans les greniers de quoi approvisionner une dizaine d'orphelinats. Cette brave femme a la manie de tout garder.

— Je me souviens, dit Josina en riant. Maman disait qu'au manoir tout était transmis d'une génération à l'autre. Je pourrai me permettre d'aller explorer sa caverne aux trésors ?

— Évidemment, sauf que vous avez intérêt à vous dépêcher sinon nous partons sans vous !

Il plaisante mais avec un petit cri horrifié Josina se rue hors de la pièce.

Après son départ Harry commente :

— Rollo, soyez franc : votre jeune cousine est bien trop belle pour ne pas déranger chez tout homme la paix de l'esprit ! Vous avez intérêt à ce qu'elle soit dûment chaperonnée si vous voulez éviter qu'elle s'attire des ennuis, surtout après avoir eu un père comme d'Arcy Marsh.

— Elle venait de m'informer qu'elle a passé les deux dernières années cloîtrée dans un couvent, rétorque le duc avec malice.

— Juste ciel, c'est plutôt inattendu ! Mais il faut croire que si ses parents menaient une vie de patachon dans tous les casinos d'Europe, une enfant devait plutôt représenter pour eux un fardeau.

Le duc se lève de table et déclare :

— J'ai toujours jugé de la plus extrême iniquité ce précepte de la Bible : *Les péchés des parents retomberont sur leurs enfants.*

— *Jusqu'à la troisième et la quatrième générations,* complète Johnnie. Vos proches parents, ces sires à la triste figure qui ont avalé leur manche de parapluie, vous désapprouvent déjà. Vous espérez vraiment les convaincre d'accepter cette fille délicieuse qui tournera la tête de tous les hommes qu'elle croisera ?

— C'est un problème indéniable, admet le duc, et je ne compte sur aucun de vous deux pour m'aider à le résoudre. Il est dommage en tout cas que Josina soit précisément arrivée ici ce week-end.

— J'y ai réfléchi. Soyez certain d'une chose : si jamais Yvonne s'imagine que vous lui témoignez le moindre intérêt, elle vous arrachera les yeux.

Irrité, le duc évite de répondre car il a horreur qu'on se mêle de ses affaires. Il quitte la salle du petit déjeuner et referme la porte derrière lui.

Harry lance un regard à Johnnie.

— Apparemment j'ai mis les pieds dans le plat. Je sais pourtant ce que je dis. Cette fille est une beauté, vous ne prétendrez pas le contraire. Elle va avoir besoin d'un chaperon à poigne.

— Rollo a intérêt à y remédier, approuve Johnnie, sinon il ne tardera pas à être dépassé par les événements.

— Et vous, riposte Harry, si vous prenez cette affaire trop à cœur, nul doute que Kitty aura son mot à dire !

En atteignant le premier étage, Josina, soulagée, aperçoit la silhouette déjà familière de Mrs. Meadows qui s'éloigne dans le corridor. Elle court derrière elle et la supplie de lui trouver une tenue de cavalière.

— Le duc m'a priée de venir avec lui mais, vous le savez, ma garde-robe laisse à désirer ! explique-t-elle.

— Les grands esprits se rencontrent, réplique Mrs. Meadows avec un soupçon d'amusement. À mon réveil ce matin j'envisageais justement que Sa

Grâce vous proposerait de l'accompagner. Et je vous ai préparé tout ce qu'il vous faut.

Elle observe un petit silence satisfait et ajoute :

— C'est un attirail qui faisait partie du trousseau de votre mère quand elle devait épouser Son Altesse Sérénissime.

— Des vêtements de maman ! s'écrie Josina avec ferveur.

— L'avantage avec les tenues d'équitation, c'est qu'elles ne se démodent pas comme les robes. Mais j'ai aussi des robes là-haut — certaines que votre mère n'a même jamais mises — et je suis sûre qu'on devrait pouvoir les retoucher. Quand vous aurez le temps, vous les essaierez. Nous consulterons la couturière pour avoir son opinion.

— Mrs. Meadows, vous êtes si bonne avec moi que je ne sais comment vous exprimer ma gratitude. Pour l'instant je vais tout de suite me changer. Je dois me presser ; le duc m'a prévenue qu'il ne m'attendrait pas.

Josina entre dans sa chambre. Elle vient d'enlever sa robe lorsque Mrs. Meadows revient, porteuse de la tenue jadis destinée à sa mère. Elle provient du meilleur tailleur de Londres et lui va comme si elle avait été confectionnée pour elle. En se contemplant dans le miroir, elle songe avec émotion que sa mère serait heureuse, après toutes ces années, de voir un article de son trousseau enfin en usage.

— J'ai tellement l'impression d'avoir votre chère mère devant moi que j'en suis toute retournée, avoue Mrs. Meadows d'une voix chavirée. Quel malheur qu'elle ne puisse plus être avec vous !

— Oui, murmure Josina, elle aurait tant aimé revoir le manoir, y retrouver tous ses souvenirs. Mais pour elle c'était impossible, vous le savez. Elle en a énormément souffert et moi aussi.

Mrs. Meadows se décide à balayer les idées noires.

— Maintenant vous êtes ici, Miss Josina, et c'est ce qui compte. Allez vite rejoindre Sa Grâce qui doit ronger son frein.

Josina s'étonne elle-même en éclatant d'un rire joyeux. Elle descend l'escalier au moment où Harry et Johnnie se dirigent vers la porte d'entrée pour s'assurer qu'elle est prête. De même qu'après la mort de sa mère, il lui semble vivre hors de la réalité. Mais elle est passée du cauchemar à un rêve euphorique ; elle a atteint l'inaccessible. Elle a peine encore à croire à sa chance. Tout s'est déroulé à la perfection, elle est dans la demeure natale de sa mère et elle commence à ressentir un sentiment profond d'appartenance. Comme si à Nevon Hall elle était chez elle, non plus en intruse mais à sa vraie place.

4

Josina retrouve aux écuries le duc qui, avec la fierté d'un collectionneur d'objets d'art, lui montre une impressionnante quantité de pur-sang. Elle les admire avec l'enthousiasme d'une connaisseuse. Puissants et racés, ils ont une élégance, une noblesse exceptionnelles. Josina depuis l'enfance a toujours été attirée par les chevaux et son père a commencé à lui apprendre à les monter dès l'âge de six ans. Ils sont à ses yeux l'incarnation de la force et de la beauté. Et l'équitation, cette connivence avec l'animal, le contact vibrant, à la fois souple et tiède, entre le corps du cheval et le sien lui procure une joie sans mélange. Il fut un temps où partir à l'aventure là où la conduisait sa monture était le seul remède à ses accès de mélancolie.

Pendant que le duc et elle vont d'une étable à l'autre, ils sont rejoints par Harry et Johnnie. Ce dernier s'enquiert :

— Aurons-nous le privilège du choix ?

— Certainement, acquiesce le duc, si l'on excepte celui que je compte prendre et un autre que j'ai choisi pour Josina.

— Je me doutais bien que j'allais voyager en deuxième classe, ironise Johnnie.

Mais Josina sait qu'il n'est pas sérieux, car il n'est pas une seule de ces bêtes qui puisse être reléguée au second plan et toutes feraient figure de sujets d'élite partout où elles seraient exhibées.

Josina est déjà conquise par le pur-sang que le duc a retenu pour elle. Il a une robe d'un noir de jais, à l'exception d'une tache blanche en forme d'étoile qui lui éclabousse le front. Elle ignore que le duc le lui a délibérément réservé en songeant au magnifique contraste entre ses cheveux d'or et cette étoile blanche. Une fois en selle ils démarrent au petit trot, le temps que les bêtes s'échauffent. Mais très vite il faut brider leur élan. Josina n'a plus qu'une préoccupation en tête : la relation à établir entre elle et sa monture dont le nom est Sambo. Avec la crainte vague de se discréditer car elle redoute d'avoir perdu la main. Il y a longtemps qu'elle n'a pas affronté un animal aussi superbe ; ces dernières années elle a dû se contenter des canassons poussifs des écuries de louage.

Le duc s'est placé en tête. Il les emmène au bout de l'allée, puis coupe à travers un bosquet de bouleaux blancs. De l'autre côté s'étend un large terrain plat.

— C'est ici que vous devriez aménager votre champ de courses, Rollo, s'exclame Harry.

— J'y avais déjà songé, réplique le duc. J'ai même fait dessiner les plans.

Ces paroles attirent l'attention de Josina. Elle aimerait avoir l'occasion, si ce projet se concrétise, de participer une fois à ces courses. Si au moins après son départ le duc avait la gentillesse de l'y inviter ! Mais ce souhait est de courte durée. « Encore mon imagination », pense-t-elle. Le duc oubliera vite son existence. Pourquoi s'embarrasserait-il d'une jeune parente à peine entrevue et sans intérêt pour lui alors qu'il peut remplir le manoir de femmes étincelantes, au charme exotique, telles que la comtesse ?

Elle cesse de réfléchir et se concentre sur le bonheur de l'instant présent. Elle oublie tout sauf la joie de galoper sur cette admirable monture, plus vite qu'elle n'en a jamais eu la possibilité. Emportée dans un tourbillon, elle saute diverses haies sans perdre son assiette, aidée par son cheval qui lui donne l'impression de diriger lui-même sa course avec une autonomie et une aisance déconcertantes. Cette sensation la stimule tant qu'elle en a le vertige. Il faut croire néanmoins que le cheval n'a pas effectué à lui seul tout le travail, qu'elle a dû dans un état second le mener comme il le fallait, car un peu plus tard le duc la complimente alors qu'ils retournent au pas vers les écuries :

— Josina, vous avez droit à mes plus sincères félicitations. J'avais toujours entendu dire que votre mère était une remarquable cavalière. Je constate que vous avez hérité d'elle ce don.

— Mon père aussi me l'a transmis, tient-elle à préciser. Quand il montait, il était merveilleux à voir. Mais il ne pouvait s'offrir des chevaux de valeur que dans les périodes où il était dans une bonne passe.

Elle se mord la lèvre en se reprochant d'avoir ouvert la bouche sans discernement. C'est une bévue de sa part de continuer à se référer aux activités de joueur professionnel de son père. Cette passion qui le possédait, elle devra désormais éviter d'y faire allusion devant d'autres membres de la famille.

Quand ils sont de retour aux écuries, Josina, saisie d'une brusque mélancolie, se sépare de Sambo dont elle flatte l'encolure avec tendresse.

— Comment vous remercier ? dit-elle chaleureusement au duc. Je crois bien ne jamais avoir éprouvé un tel plaisir. J'ai beau être courbaturée au point de pouvoir à peine marcher, je ne regrette rien.

— Vous devriez consulter Mrs. Meadows, répond le duc en souriant. Elle a un remède contre les douleurs qu'elle conseille à mes amis. C'est un mélange d'herbes aromatiques et médicinales qu'elle cueille dans le jardin.

— Oh ! maman m'en avait parlé, s'écrie Josina avec excitation. Il faudra que je voie ce jardin avant de vous quitter.

— Vous êtes donc si pressée de partir ?

— Non, bien sûr que non. Mais je me rends compte que je vous importune et que je bouleverse vos projets pour le séjour de vos amis. Croyez que j'en suis navrée.

Le duc ne répond pas ; mais lorsqu'ils regagnent à pied le manoir elle sent qu'il la dévisage avec une expression bizarre, comme s'il était soucieux et pour une raison mystérieuse s'interrogeait à son sujet.

Saisie d'un remords, elle estime avoir manifesté un sans-gêne excessif. J'ai eu tort de m'imposer à lui à l'improviste, se dit-elle en gravissant l'escalier. J'aurais dû lui écrire moi-même après la mort de maman, lui expliquer pourquoi j'étais contrainte de venir. Mais elle était si bouleversée par la disparition de sa mère que cette idée ne l'a pas effleurée. Elle s'est bornée à suivre aveuglément ses consignes : gagner le plus vite possible l'Angleterre. Peut-être aussi craignait-elle sans se l'avouer, en annonçant sa visite, de fournir ainsi au duc l'occasion de s'y opposer. Et en ce cas, pense-t-elle avec un serrement de cœur, que serais-je devenue ? Pas de ressources, nulle part où aller, quel avenir pour moi ? Non, décide-t-elle, la solution de maman était la sagesse même. Mais elle me plonge dans une situation embarrassante que je dois affronter avec beaucoup de précaution.

Elle monte à l'étage où elle retrouve la rassurante Mrs. Meadows qui l'attend dans sa chambre. La gouvernante lui chuchote avec une mine complice :

— Vous avez dû follement vous amuser, Miss Josina.

— Oui, répond Josina, c'était une merveilleuse promenade. Ce cheval est magnifique. Mais j'ai des douleurs partout. Je ne sens plus mon corps et demain je risque de ressembler à une éclopée. Le duc m'a signalé un remède spécial que vous préparez vous-même pour soigner ce genre de désagrément.

— C'est une décoction de plantes médicinales et j'en ai déjà mis dans le bain que je vous ai versé.

— C'est trop gentil à vous.

Tout en bavardant elle s'est débarrassée de sa bombe et Mrs. Meadows la lui retire des mains. Elle s'en va la poser sur une étagère de la garde-robe. À ce moment la porte s'ouvre à toute volée. Dans un crissement de taffetas la comtesse, le visage courroucé, fait dans la chambre une irruption spectaculaire. Elle s'avance d'un pas guerrier vers Josina qui la dévisage avec stupeur.

— J'ai appris, persifle la visiteuse, que vous êtes allée vous promener à cheval avec le duc et les deux autres invités. N'avez-vous pas assez de sens commun pour savoir que vous auriez dû être chaperonnée ?

Josina se tait et la scrute, les yeux écarquillés.

— Vous êtes une jeune fille, poursuit la comtesse, pas une femme mariée. Vous devez comprendre qu'ici en Angleterre il est de bon ton de se conduire avec décence et discrétion.

Josina blêmit sous l'insulte mais répond froidement :

— Si je vous ai offusquée, vous m'en voyez navrée. J'ai tant voyagé : je ne connais pas encore assez les us et coutumes de cette terre d'accueil qui est pourtant la *mienne*.

Elle accentue ce mot pour souligner qu'elle est anglaise de sang à l'inverse de la comtesse. Néanmoins celle-ci insiste :

— Vous êtes arrivée ici sans y avoir été conviée. La moindre des politesses serait de ne pas vous faire remarquer. Je vous signale qu'en Angleterre une fille de votre âge n'a pas d'existence en dehors de celle qu'on veut bien lui accorder. Elle n'attire pas l'attention ; on ne doit ni la voir ni l'entendre.

Josina est outrée ; la nécessité de supporter avec une apparente courtoisie les assauts réitérés de la comtesse lui pèse comme un fardeau.

— C'est le duc en personne qui m'a proposé cette promenade. Et comme j'avais très envie de faire du cheval...

— Je n'en doute pas, riposte la comtesse d'une voix hargneuse. Mais vous lui imposez votre présence sans qu'il l'ait sollicitée, sous le simple prétexte d'un lointain lien de parenté. N'oubliez pas que les hommes jugent assommantes les gamines de votre espèce et les fuient comme la peste.

À la seconde où elle achève sa phrase, Mrs. Meadows, demeurée jusqu'ici dissimulée par la porte entrouverte de la garde-robe, se montre dans la chambre. La comtesse lui lance un regard surpris et perfide mais n'en continue pas moins :

— Je vous ai prévenue. Le mieux pour vous dorénavant sera de rester dans votre coin tant que vous serez tolérée ici.

Elle fait volte-face d'un mouvement colérique et sort en claquant la porte derrière elle. Josina en reste bouche bée. Pas une seconde elle n'avait envisagé qu'elle aurait dû refuser l'offre du duc. Jusqu'à leur retour aux écuries elle ne s'était même pas demandé pourquoi aucune des trois autres femmes ne les avait accompagnés.

Mrs. Meadows s'approche d'elle et lui dit posément :

— Ne vous inquiétez pas, Miss Josina. La comtesse vous a fait une petite scène, rien d'autre. Elle est simplement jalouse que Sa Grâce vous ait témoigné de l'intérêt.

— Jalouse ? s'étonne Josina.

— Vous observerez, j'en ai peur, le même genre de réaction chez beaucoup de dames à propos de Sa Grâce.

— Elles n'aiment pas que d'autres personnes soient avec lui, c'est ce que vous voulez dire ?

Mrs. Meadows émet un léger gloussement.

— Elles détestent surtout que Sa Grâce regarde d'autres femmes qu'elles.

— Je ne tiens en aucun cas à incommoder qui que ce soit, affirme Josina.

— Vous n'incommodez personne d'autre qu'elle, dit avec suavité Mrs. Meadows. Et si vous voulez mon avis c'est une créature déplaisante qui n'aurait jamais dû avoir le droit de mettre les pieds ici.

Prise au dépourvu par cette franchise brutale, Josina la dévisage. Mrs. Meadows renchérit :

— Sa femme de chambre ne nous a pas caché la vérité en ce qui la concerne. La distraction favorite de la comtesse à Londres est d'amener les hommes à se battre en duel pour ses beaux yeux.

— En duel ? s'exclame Josina. Mais je croyais qu'ils étaient interdits en Angleterre.

— Ils n'en ont pas moins lieu quand ces messieurs n'ont pas d'autre moyen de régler leurs querelles. Et d'après ce qu'on dit le comte est un homme d'une jalousie féroce ; la conduite de son épouse en son absence le rend fou furieux.

— Alors il provoque ses rivaux... en duel, prononce Josina d'une voix lente.

Impossible pour elle de ne pas évoquer à cette minute précise le duel qui a causé la mort de son père. C'est ce dernier qui avait défié son adversaire en n'acceptant pas d'être accusé de tricher. Son intention était de donner à l'homme une simple leçon, mais l'autre, un Italien au sang chaud, avait tiré avant que les témoins aient fini de compter jusqu'à dix. Et son père s'était écroulé, raide mort.

Frappée de mutisme, Josina se déshabille et pénètre dans la baignoire. L'eau du bain est parfumée aux essences aromatiques. Elle sent l'eau tiède caresser son corps endolori, calmer la raideur qui avait gagné ses membres. Mrs. Meadows, de son côté, semble avoir trop de griefs sur le cœur pour se résoudre à se taire. Et son discours se poursuit comme une litanie.

— C'est toujours pareil quand un homme a tous les attraits physiques pour séduire, surtout si c'est un duc par surcroît. Les femmes bourdonnent autour de lui comme des abeilles attirées par un pot de miel. Mais si elles voient une nouvelle venue poser les yeux sur lui elles se transforment en guêpes et sortent leur dard.

Distraitement Josina revoit toutes ces femmes qui elles aussi « bourdonnaient » autour de son père. Avoir quitté cette Europe cosmopolite aux milieux décadents pour venir découvrir les saines valeurs de la vertueuse Angleterre… et y rencontrer une situation du même tonneau, c'est un pied de nez du destin dont elle ne peut s'empêcher d'apprécier la cocasserie. Maman, songe-t-elle, tu me vois ? Tu vois dans quel piège je me suis fourrée ? Un petit rire désabusé, empreint néanmoins d'une pointe d'amusement, s'échappe de ses lèvres.

Mrs. Meadows achève enfin son soliloque.

— Je voulais simplement vous éviter d'être alarmée. Chassez de votre jolie tête les sombres pensées qui pourraient s'y loger. Je suis certaine que lundi prochain, quand ces hôtes indésirables auront décampé, Sa Grâce trouvera la solution qui vous conviendra et pourra vous envoyer le plus vite possible chez un de ses parents dont le comportement irréprochable sera digne de vous.

Malgré toute sa bonne volonté, la brave Mrs. Meadows aurait mieux fait de ne pas évoquer une telle perspective, car celle-ci précipite Josina dans un réel état de dépression. Elle n'a pas oublié les moqueries cinglantes dont son père gratifiait les Nevon, qualifiant tous les membres de l'ancienne génération d'affreux puritains. Elle se rappelle aussi que nul d'entre eux n'a plus parlé à sa mère après la rupture de ses fiançailles et qu'elle n'a reçu par la suite aucun signe de vie de ses proches, malgré les lettres qu'elle leur envoyait les premiers temps en indiquant ses adresses successives. Lui auraient-ils pardonné s'ils avaient su quel bonheur conjugal elle vivait ? Josina estime que non. Avant tout ils n'ont pu tolérer son refus catégorique de devenir une princesse, son indifférence tranquille à l'égard du prestige et des honneurs qui en découlaient. À cette idée Josina ne peut s'empêcher de frémir. Lequel d'entre eux serait-il prêt à accueillir la fille issue de ce mariage qu'ils ont jugé indigne ? Il vaudrait mieux que j'apprenne à gagner ma vie, se dit-elle. Mais que faire, vers quelle activité lucrative me tourner ?

Les femmes de chambre emportent la baignoire. Josina en est sortie frissonnante et Mrs. Meadows, après l'avoir essuyée, lui enfile une jolie robe qui elle aussi appartenait à sa mère. Elle est un peu démodée mais a l'avantage de ne pas être noire. Les gens trouveront peut-être déplacé de la voir habillée de mousseline bleu pâle. Mais elle a décidé de se moquer de l'opinion d'autrui. D'ailleurs, puisque le duc lui a révélé ne pas être en odeur de sainteté auprès de sa famille, il est peu probable que des membres de celle-ci assistent au steeple-chase.

Et même si certains s'y rendaient, ils ne sauraient rien de son identité.

Elle descend l'escalier, un peu inquiète à la pensée que la comtesse puisse tenir compagnie au duc en bas et se plaindre auprès de lui en l'accusant d'avoir été irrévérencieuse avec elle. Mais elle voit le duc lui sourire à son entrée dans la pièce. Il n'est donc pas au courant de l'incident qui vient de se produire à l'étage. Il vient vers elle, lui tend une coupe de champagne et proclame :

— Vous l'avez bien méritée. Les effets bénéfiques des fameuses plantes de Mrs. Meadows ont-ils effacé les fâcheux contrecoups de cette matinée délicieuse ?

— C'est exactement le terme qui convient. Pour moi cette matinée fut un délice. Jamais je n'oublierai ma première promenade à cheval en Angleterre ni le ravissement qu'elle m'a procuré.

Le duc lui adresse un nouveau sourire et s'apprête à répondre lorsque la comtesse vient nouer son bras autour du sien.

— J'ai un mot à te dire, Rollo, déclare-t-elle de sa voix la plus enjôleuse.

Josina comprend que la meilleure solution pour elle est de s'éloigner. En rebroussant chemin elle entrevoit les deux autres couples mais décide de les ignorer. Kitty et Johnnie échangent une discussion animée ; quant à Doris, elle darde sur Harry ses yeux charbonneux en lui décochant des œillades provocantes.

Le déjeuner est servi de bonne heure. Dès qu'il est terminé les dames montent dans une voiture de maître qui va les emmener là où doit se dérouler le steeple-chase. Les hommes partent devant sur les chevaux avec lesquels il s'apprêtent à concourir. Le duc va gagner, se dit Josina, j'en suis sûre. Lors de leur promenade matinale, elle a pu apprécier en lui les qualités d'un cavalier exceptionnel. C'est d'ailleurs une vieille coutume familiale : tous les Nevon sont doués pour l'équitation. Josina a souvent entendu lady Margaret se moquer de la balourdise de certains hommes à cheval dans les divers lieux où ils ont séjourné. Le duc au contraire semblait faire corps avec sa monture qu'il maniait avec légèreté et doigté, Josina l'a aussitôt remarqué ; pour leur part Harry et Johnnie sont également des cavaliers de haut niveau.

Dans la direction opposée à leur parcours de ce matin ils atteignent le terrain où doit se courir le steeple-chase. Tout est en place et une foule de spectateurs s'amasse déjà. Il en survient d'autres, habitants du voisinage débarquant en groupes, fermiers avec leurs chariots, femmes conduisant des voitures à âne. Le tracé de la course avoisine les cinq kilomètres et, en essayant de se le représenter, Josina mesure sa complexité. Il décrit de nombreux virages et entrelacs visibles de l'assistance au cours des deux premiers kilomètres. Le trajet disparaît ensuite derrière une végétation massive. Bien sûr le meilleur point de vue est la ligne d'arrivée.

Pendant qu'elles se rendaient sur les lieux, la comtesse n'a cessé de jacasser avec les deux autres femmes. En revanche elle a complètement ignoré Josina. Au cours du déjeuner celle-ci, incapable d'oublier les propos fielleux de la comtesse, était gênée chaque fois que le duc lui adressait le moindre mot. Elle n'avait pas besoin de regarder la Française pour deviner que celle-ci la pourfendait d'un regard incendiaire. Si elle a envie de tout gâcher, tant pis pour elle, se dit Josina. Il n'en est pas moins éprouvant de rester assise en face d'elle et, une fois la voiture parvenue en bordure du terrain, elle la quitte pour gagner à pied la ligne d'arrivée.

À son approche plusieurs cavaliers soulèvent leur toque pour la saluer. L'un d'eux l'interpelle :

— Puisque vous séjournez au manoir, vous donnez certainement le duc comme gagnant. Mais ce serait un honneur pour moi si vous me placiez en second.

Perturbée par les agissements de la comtesse, Josina l'écoute à peine mais lui donne machinalement son accord. Elle suppose que ces hommes cherchent à se montrer aimables envers elle et leur en est reconnaissante, car elle en a grand besoin. Elle n'envisage même pas que, la voyant ici pour la première fois, ils sont avant tout sensibles à sa beauté. Tandis qu'elle s'éloigne d'eux, ils ne tarissent pas d'éloges à son sujet et envient le duc d'avoir le chic pour attirer chez lui les filles les plus séduisantes. Entre-temps deux autres hommes ont déjà entrepris le duc pour tâcher de se renseigner sur elle.

— Une nouvelle et ravissante frimousse, Rollo, s'exclame l'un d'eux. Quel est donc votre secret ? Comment vous débrouillez-vous pour dénicher de telles merveilles ? Je n'ai jamais rien vu d'aussi adorable depuis longtemps.

— J'allais en dire autant, ajoute l'autre. Est-ce le flair ou avez-vous un truc ? Cette fille est un miracle tombé du ciel. Vous n'avez quand même pas l'intention de garder un trésor aussi précieux à votre usage exclusif !

Conscient de la sensation produite par Josina parmi ses invités de la gent masculine, le duc part la rejoindre à cheval et la hèle.

— Vous suivrez mieux la course, Josina, si vous y assistez de la voiture. Demandez au cocher de vous laisser monter à côté de lui. Vous aurez une meilleure vue que de l'intérieur.

Josina lui sourit avec gratitude. Il a dû se rendre compte, pense-t-elle, qu'elle est sortie pour ne pas rester cloîtrée avec ces créatures qui lui témoignent une antipathie manifeste.

— Merci de votre suggestion, dit-elle. J'en profiterai volontiers.

— Le départ a lieu dans quelques minutes. Vous auriez intérêt à vous installer tout de suite.

Elle lui obéit et retourne à la voiture où elle prend place près du cocher. Le départ est donné. Elle souhaite ardemment que le duc soit le vainqueur. Et, en effet, son cheval arrive en tête, mais seulement d'une longueur ; Harry, exultant, s'octroie la deuxième place. Divers prix sont décernés par le duc et, à leur retour au manoir, il est trop tard pour l'heure du thé. Mais du champagne les attend, ainsi que de délicieux pâtés en croûte et des petits fours presque aussi savoureux que ceux dont Josina se régalait en France.

De nombreux voisins ont été conviés à partager cet en-cas. Josina, échaudée par la comtesse, préfère ne pas se mêler à eux. Ce serait d'ailleurs une erreur, se dit-elle. Il est inutile que ces gens interrogent le duc sur son identité. Elle s'arrange donc pour abandonner discrètement les lieux et se retire à la bibliothèque. Mais le conservateur a déjà regagné son domicile. Josina déambule devant les étagères en parcourant les titres des livres. Elle repère divers ouvrages consacrés à l'Angleterre qu'elle juge sans doute passionnants. Elle en choisit deux et s'apprête à les emporter lorsque la porte s'ouvre, livrant passage au duc.

— Je me doutais que vous seriez ici, lance-t-il. Je tenais à vous prévenir que le dîner sera servi tard ce soir après le départ de mes amis. Vous n'aurez donc pas besoin de vous presser.

— Je m'apprêtais à monter à l'étage avec ces livres.

Le duc la dévisage.

— Puisque nous sommes seuls, c'est pour moi une occasion de m'entretenir avec vous, de vous livrer mes impressions à votre sujet, ce qui m'a été impossible jusqu'à présent.

Avant même qu'il ait fini sa phrase et l'ait priée de s'asseoir, Josina en reculant de quelques pas bascule sur le sofa disposé près de la cheminée. Elle a les jambes faibles, les paumes moites, le cœur battant. Elle sait que ce sera le premier entretien décisif entre eux. L'échéance était inéluctable et il n'est pas question de s'y dérober. Mais elle redoute ce qu'elle va entendre.

Le duc prend son temps et continue de la fixer. Josina baisse les paupières. Il déclare enfin d'une voix nonchalante :

— Après avoir réfléchi à la situation, j'ai décidé que ce serait un tort de vous envoyer tout de suite auprès de quelqu'un de la famille.

Le cœur de Josina bat plus fort. Elle lève des yeux surpris, chargés d'appréhension, et garde un moment le silence.

— Vous voulez dire... que personne ne m'accepterait ?

— Je crois, explique le duc avec un certain embarras, qu'il faudrait adopter une solution de sagesse et de compromis. Elle consisterait à laisser d'abord aux Nevon le temps d'entendre parler de vous, de comprendre combien vous êtes charmante et si différente de ce qu'ils croient, avant d'organiser une rencontre avec eux.

Heurtée, blessée dans son amour-propre, Josina serre les poings. Elle en vient à douter du bien-fondé de son départ pour l'Angleterre. Mais avait-elle un autre choix ? Mortifiée, elle se représente à quel point le duc doit être ennuyé de devoir supporter sa jeune cousine inconnue dont il n'a en rien désiré la présence.

Il poursuit son exposé.

— La résolution que j'ai prise est de vous emmener à Londres chez ma marraine, lady Swinton.

Mutisme de Josina.

— Elle a été pour moi une merveilleuse amie. Et comme j'étais jeune à la mort de ma mère, je l'ai toujours considérée comme ma « seconde mère ».

Josina continue de se taire mais prête l'oreille.

— Elle a maintenant passé la soixantaine mais a gardé de nombreuses activités et mène une vie mondaine. Si je lui demande de s'occuper de vous, je sais qu'elle acceptera et d'ailleurs en sera ravie.

Josina se décide à répondre mais les mots lui écorchent la langue.

— Vous en êtes vraiment sûr ?

— Absolument. Et c'est pourquoi je vous conduis chez elle dès lundi. Je sais que vous allez vous y plaire. Elle vous présentera à ses amis, puis à certains de nos parents, et grâce à elle ils auront de vous une image qu'ils sont loin de prévoir.

— Vous êtes trop bon de vous donner tout ce mal pour moi, dit Josina avec effort. Je réfléchissais aujourd'hui à un moyen de gagner ma vie pour ne pas vous déranger plus longtemps, mais j'ai malheureusement peu de dons qui puissent être lucratifs.

— Vous n'avez pas le droit de concevoir de tels projets, proteste le duc. Votre mère vous a confiée à moi et je n'ai aucune intention de vous abandonner. Je vous verserai une rente pour vous permettre d'acheter les toilettes dont vous aurez besoin, d'offrir si vous le désirez des cadeaux à lady Swinton, de donner des pourboires à ses domestiques.

Josina fond de gratitude. Les mots lui manquent. Elle ne peut que murmurer « Merci » d'une voix hésitante et gauche. Elle s'en veut de ne pas témoigner au duc un élan de reconnaissance plus démonstratif. Mais quelque chose la paralyse. C'est peut-être justement sa générosité. Celle-ci la gêne, l'intimide au point de la faire rentrer dans sa coquille. Elle se sent ridicule et furieuse de l'être. Elle sait en même temps combien ce maintien emprunté peut être blessant pour lui. Il va vraiment me prendre pour une petite gourde, songe-t-elle. Elle ferme les yeux, humiliée d'en être réduite à la mendicité.

Comme s'il avait l'art de lire encore une fois en elle, le duc lui dit :

— Ne soyez pas honteuse et ne vous figurez pas que vous abusez de ma gentillesse. Je peux vous le certifier : j'ai à ma charge bien des membres de ma parentèle, dont certains que je n'ai jamais vus, et chacun reçoit une rente annuelle d'un montant parfois coquet.

Il a un bref éclat de rire.

— Je rends grâce à mes prédécesseurs de m'avoir légué une aussi grosse fortune. Elle me permet d'accomplir ce dont je n'aurais jamais rêvé avant que le titre me revienne.

Josina reprend un peu ses esprits et retrouve l'usage de la parole :

— Je tiens à vous remercier d'être aussi bon envers moi. Mais c'est bizarre, j'ai du mal à l'exprimer comme il le faudrait dans la langue anglaise.

À l'instant même où elle prononce ces mots, elle se remémore nombre de termes français imagés dont elle ne trouve pas d'équivalent exact en anglais. Soudain amusée, elle se représente le duc couvrant de cadeaux la comtesse qui lui témoigne sa reconnaissance avec volubilité dans sa langue maternelle.

— Bien, cette affaire est donc réglée, conclut le duc. Maintenant, Josina, je veux que vous preniez plaisir à vivre en Angleterre et que vous y soyez heureuse. Vous êtes d'une beauté rare. Attendez-vous donc à être courtisée par nombre d'hommes qui vont vous pourchasser, vous abreuver de compliments et sans doute vous demander en mariage.

Il a pris un ton désinvolte comme pour donner à une telle perspective un côté divertissant. Mais Josina répond d'un ton grave :

— Je n'ai l'intention d'épouser personne à moins d'éprouver le même amour que ma mère pour mon père.

Elle garde un instant le silence avant de poursuivre :

— Les gens de votre... de notre famille jugeront sans doute mon attitude absurde, mais comme l'a dit un jour mon père : nul ne peut résister au véritable amour.

— Il avait raison, j'en suis persuadé, approuve le duc, l'air sincère. Je ne vais malheureusement pas pouvoir continuer cet entretien. Pendant que vous irez vous habiller pour le dîner, il me faudra prendre congé de mes amis qui vont rentrer à Londres.

Il se dirige vers la porte, mais c'est pour opérer une fausse sortie puisqu'il se retourne et ajoute :

— Au fait, il y aura au dîner plusieurs charmants garçons. Ne craignez donc pas d'être importunée par les mêmes visages et la même conversation qu'hier soir.

— Mais je ne me suis pas ennuyée une seconde, s'exclame poliment Josina. C'était très intéressant de vous écouter tous. Et je suis si contente d'être dans ce manoir splendide où il y a tous ces souvenirs du passé.

Elle jette un regard circulaire sur la vaste salle.

— Cette bibliothèque doit contenir tant d'archives, tant d'ouvrages fascinants.

Le duc qui se disait pressé ne se décide pas à partir.

— D'avance j'étais sûr que vous l'apprécieriez. Non seulement vous avez voyagé énormément pour une aussi jeune personne, mais je vois que vous avez su aussi voyager dans votre tête.

— C'était le vœu de ma mère. J'avais si peu de gens à qui parler.

Devant l'expression étonnée du duc, elle explique :

— Quand mon père était dans les casinos, maman et moi ne bougions pas de la maison. Et comme nous déménagions sans arrêt, nous n'avions pas le temps de nous faire des amis. Papa, lui, connaissait beaucoup de monde, mais il ne tenait pas trop à nous amener la plupart de ses relations. Il les estimait... inappropriées.

Au bout d'un moment de réflexion le duc prononce à mi-voix :

— Si je comprends bien ce que vous me dites, votre mère ne se rendait jamais à des soirées ou à des bals ? Elle ne participait à aucune des festivités censées se dérouler dans les lieux où son mari allait jouer ?

— Bien sûr que non. Après avoir joué, mon père rentrait toujours chez nous. Il avait envie de retrouver maman. Elle et moi passions une partie de l'après-midi à lui préparer un bon dîner que nous prenions ensemble tous les trois.

Le duc pousse un soupir résigné.

— J'ai l'impression que les gens vont trouver cette vérité difficile à avaler. Dans la famille on a entendu dire que des choses épouvantables se passaient dans les casinos du continent. Et on a toujours imaginé que vos parents menaient une vie dissipée : bals masqués, parties de plaisir, beuveries jusqu'à l'aube avec des femmes à demi nues dansant sur les tables.

Il a l'air de soliloquer sans même s'adresser à Josina, mais celle-ci le considère avec stupéfaction.

— Si ces choses « épouvantables » existent vraiment, elles ne me sont pas revenues aux oreilles.

En tout cas le seul intérêt de mon père, son unique divertissement, c'était le jeu. Quand il ne s'y consacrait pas, il partageait la vie de maman.

— Et à quoi occupiez-vous votre temps, vous et votre mère, en attendant son retour ?

— Nous allions nous promener, visiter les musées, les églises, tous les sites ayant un intérêt historique aux alentours. Notre seul problème était de dénicher les livres que nous avions envie de lire. Impossible de les acheter en raison de nos déménagements fréquents : ils auraient trop alourdi les bagages.

— Je vous crois, je peux vous l'assurer. Mais j'ai peur que les membres de la famille ne soient plus sceptiques.

— Je ne vous ai pas menti, s'écrie Josina. Et puis, s'il vous plaît, je ne veux plus rien entendre au sujet de cette famille. Je refuse de rencontrer des gens qui se montreront médisants à l'égard de mon père.

Elle s'interrompt, le cœur battant, honteuse de son emportement, désolée d'avoir pu offusquer le duc qui depuis son arrivée l'a accueillie avec sympathie. Elle a conscience d'avoir commis une grave entorse au savoir-vivre en élevant la voix pour s'en prendre aux Nevon. Le duc va-t-il la rappeler aux convenances ? Elle le mériterait. Mais il affiche un flegme imprévisible et se contente de répondre :

— Je partage vos sentiments. C'est bien pour cette raison d'ailleurs que je vous remets aux mains de lady Swinton. Elle comprendra mieux que personne vos difficultés à vous acclimater à l'Angleterre et à occuper la place qui vous revient — j'insiste bien : *qui vous revient* — au sein de la famille Nevon.

Josina se lève. Les doigts crispés, elle s'avance vers le duc.

— Vous êtes bien certain de ne pas préférer que je m'en aille ? Si vous acceptiez de me remettre un peu d'argent, juste de quoi vivre, j'irais m'installer dans un village tranquille où on ne s'intéresserait pas à moi et je finirais bien par me trouver une occupation. Je réussirais peut-être à donner des cours aux enfants de la campagne. Je serais capable de devenir institutrice, vous savez.

Le duc examine son visage levé vers lui et cette vision renforce sa conviction. Il serait impossible à une fille aussi éclatante et belle de passer inaperçue, où qu'elle aille. Partout les hommes la poursuivront.

— Je regrette, Josina, lui dit-il avec douceur, mais ma décision est arrêtée. Je suis persuadé que ce sera la meilleure des solutions. Vous ne me ferez pas changer d'avis.

Josina ne peut que s'incliner. Elle résiste à la tentation de taper du pied comme une enfant capricieuse.

— Je suis donc prête à vous obéir. Et je vous remercie encore de votre bonté. Ma mère vous en aurait été infiniment reconnaissante.

Un faible sanglot altère sa voix à l'évocation de sa mère. Ses yeux s'embuent. Refusant de se donner en spectacle, elle préfère se retirer. Elle tourne le dos, prend ses livres et quitte la bibliothèque.

Resté seul, le duc ne s'en va pas aussitôt. Il demeure un long moment immobile devant la cheminée, les yeux dans le vague, les sourcils froncés, l'air perplexe.

5

Comme le duc l'avait annoncé, le dîner s'avère fort plaisant. Josina a eu l'agréable surprise de voir, au moment de s'habiller, Mrs. Meadows lui apporter une superbe robe du soir en expliquant :

— Encore une des robes du trousseau de votre mère. Mais à cette époque-là elle était à crinoline.

Un peu inquiète, Josina a examiné la robe mais Mrs. Meadows l'a aussitôt rassurée :

— Notre couturière a des doigts de fée. Elle a tout simplement retiré les cerceaux et ramené le tissu en arrière en lui donnant du volume pour façonner une tournure à la dernière mode.

Josina a inspecté les retouches, s'est extasiée sur l'habileté de la couturière. Et elle a remarqué :

— Ce tissu, quelle merveilleuse couleur !

— Je savais qu'elle vous irait, Miss Josina. Quant à votre mère, bénie soit-elle, elle aurait été adorable avec une aussi jolie teinte.

— Elle est donc partie sans rien prendre ?

— Oh ! très peu de choses. Nous avons tous pensé que c'était navrant qu'elle n'ait jamais mis toutes ces jolies robes. On les a rangées dans les greniers et elles y sont restées sur les ordres de Sa Grâce.

Ayant revêtu la robe, Josina est allée se contempler. C'est inouï, pensait-elle, j'ai l'air d'une dame. La glace lui renvoyait un reflet qu'elle avait peine à reconnaître. L'adolescente gracile n'était plus. La pensionnaire austère avait disparu. L'une et l'autre s'effaçaient derrière l'image épanouie d'une jeune fille qui pour la première fois paraissait plus que son âge. La robe lui allait à merveille et mettait ses formes en valeur. Le vert pâle donnait à Josina l'aspect surnaturel d'une nymphe sylvestre et la tournure soulignant le bas des reins accentuait l'incroyable finesse de sa taille.

Ainsi habillée, elle est envahie d'une assurance encore jamais ressentie depuis qu'elle est à Nevon Hall. Elle se sent en mesure de soutenir la comparaison avec les autres femmes de l'assistance. Et elle éprouve une excitation délicieuse et inconnue à s'entendre complimenter par les nouveaux arrivants. Le duc qui l'observe du coin de l'œil sourit sous cape mais ne dit mot. Il constate néanmoins que les propos tenus à Josina sont d'une ardeur excessive et d'un ton trop familier pour convenir à une aussi jeune débutante.

À la fin du dîner, lorsque les dames se retirent dans une pièce voisine, la comtesse s'arrange pour côtoyer Josina et lui murmurer d'un ton fielleux :

— Cette robe est bien élégante. Comment vous êtes-vous débrouillée pour l'obtenir ? J'avais cru comprendre que vous prétendiez sortir d'un couvent ?

Il est manifeste qu'elle n'en croit pas un mot. Mais Josina, forte de sa métamorphose, de cette féminité conquérante dont elle s'est parée comme d'une peau neuve, s'aperçoit qu'elle a le choix des armes et ne se laisse plus impressionner. Elle répond d'un ton froid mais poli :

— C'était l'une des robes de ma mère. Donc aujourd'hui elle m'appartient. J'ai les mêmes mensurations qu'elle à l'époque.

La comtesse lui lance un regard assassin et, la plantant là, va converser avec les autres femmes.

Énervée par cette altercation, Josina traverse la pièce pour s'approcher de la fenêtre. La lune se lève au-dessus de la cime des arbres et les premières étoiles trouent le ciel bleu nuit. Dire que je n'ai presque rien vu du domaine, déplore-t-elle. Si le duc m'emmène lundi à Londres, comme il en a conçu le projet, il est possible que je ne revienne jamais ici. Il ne me reste plus que la journée de demain pour voir ces splendeurs. C'est ce que tu aimerais que je fasse, maman, n'est-ce pas ?

Les invités venus de l'extérieur partent tôt. En fait le duc se permet pratiquement de les congédier en invoquant leur fatigue à tous après le steeple-chase. Dès que s'échangent les bonsoirs, Josina s'esquive et regagne sa chambre à l'étage. Deux hommes ont déjà insisté pour la revoir et ont tenté de lui donner rendez-vous dans les bois quand elle s'y promènerait à cheval. Ils ont même proposé de venir la chercher au manoir, mais elle a dans l'idée que le duc ne verrait pas cela d'un bon œil. Quant à la comtesse… mieux vaut ne pas songer aux commentaires désobligeants auxquels elle se livrerait. La solution la plus sage est donc de disparaître en coulisse.

Elle se déshabille avec lenteur sans sonner la femme de chambre. Puis elle s'assied à la coiffeuse et entreprend de brosser minutieusement sa chevelure comme le lui a appris sa mère. « Tes cheveux sont si beaux, ma chérie, lui disait-elle, et ils sont si longs que tu ne dois jamais oublier de les brosser chaque soir et d'en prendre soin pour qu'ils n'aient pas l'air ébouriffés ni négligés. » Avec regret Josina se rend compte que, depuis la mort de lady Margaret, elle a omis de se préoccuper de son apparence. Et que ses cheveux sont devenus une broussaille touffue. Pour mon arrivée à Londres, se promet-elle, ils devront être impeccables. Un frisson lui picote la peau à la perspective de ce qui l'attend là-bas. Même si la marraine du duc est une femme aussi gentille qu'il l'affirme, l'obstacle majeur et insurmontable n'en subsistera pas moins. La famille Nevon — *sa* famille — sera vite au courant de sa présence en Angleterre. Et les bonnes âmes commenceront à se répandre en cancans hostiles et jugements malveillants.

Mais elle se raisonne : la situation étant ce qu'elle est, il n'est pas en son pouvoir de la changer. Il ne lui reste plus qu'à se préparer à affronter posément les difficultés à mesure qu'elles se présenteront. Elle aura besoin d'autant de courage que sa mère autrefois ; celle-ci n'a pas craint de se mettre à dos tous les siens. Encore disposait-elle d'une compensation de taille : sa fuite avec l'homme de ses rêves.

Pour Josina ce sera l'inverse : elle ne se sauve pas dans un élan de romantisme, elle est au contraire la fille de la brebis égarée, de la « pécheresse », qui devra essayer de se faire admettre en rachetant la « faute » initiale. C'est à la fois plus prosaïque et beaucoup plus malaisé. Le courage de sa mère était l'effet d'une tornade impétueuse qui s'abattait sur elle et lui donnait l'audace de braver ses proches ; c'était une intrépidité fougueuse et inconsciente. Le courage de Josina, en revanche, devra être un effort lucide, un exercice de patience ingrat et quotidien, un lent travail de fourmi dont elle n'est même pas sûre d'être récompensée malgré ses tentatives.

Elle achève de se brosser les cheveux et va au lit sans tirer les tentures. Par les hautes fenêtres à carreaux elle contemple les étoiles qui désormais scintillent à profusion. Elle décide soudain que ce serait criminel de sa part de ne pas profiter de cette nuit pour aller admirer la beauté des jardins au clair de lune. Les convives ont pris congé depuis longtemps et les invités résidants doivent tous être au lit. Elle a entendu leurs voix résonner dans l'escalier alors qu'ils montaient se coucher ; la comtesse a dit bonne nuit à quelqu'un en passant devant sa porte avant de s'éloigner dans le corridor. Josina se souvient que la chambre réservée à la comtesse est voisine de la suite ducale située tout au fond. Elle l'a vue en sortir au moment d'aller déjeuner. Et elle a reculé vivement pour éviter de descendre en sa compagnie.

Mrs. Meadows lui a décrit la suite ducale en lui racontant combien de ducs y ont dormi. Avant d'ajouter :

— Je vous la montrerai demain, Miss Josina. Vous y verrez un portrait de votre grand-mère dans le boudoir attenant.

— J'en serai enchantée, a répliqué Josina. Maman parlait souvent d'elle.

— Il y a d'ailleurs dans la pièce divers autres tableaux représentant certains de vos ancêtres, notamment celui de votre arrière-grand-père qui fut un dandy très en vue sous le règne du roi George IV.

Josina sait qu'elle ne se pardonnerait pas de quitter Nevon Hall sans avoir vu ce portrait. Mais elle a tant de choses à découvrir et il lui reste si peu de temps pour en profiter. Dans une impulsion subite, elle se relève d'un bond, puis repousse draps et couvertures pour sortir du lit. Elle passe la robe de chambre de laine qu'elle avait au couvent, ouvre sa porte avec précaution. Comme elle s'y attendait, la plupart des bougies du couloir fichées dans leurs supports d'argent sont éteintes. Une sur trois seulement brûlera toute la nuit.

Le manoir est silencieux comme un tombeau. Mais un veilleur doit monter la garde au bout du vestibule. À l'heure présente il somnole sans doute dans le fauteuil capitonné face à l'entrée. D'un pas souple Josina gagne à la dérobée l'étage supérieur où il y aura forcément un escalier de service donnant sur une autre issue. Elle y parvient, s'y engage.

Seules deux lanternes diffusent une lueur impré-
cise mais suffisante pour qu'elle distingue les marches qui conduisent en bas. Elle les descend,
veillant à ne pas faire gémir le bois vermoulu, et
finit par atteindre au fond d'un réduit contigu à
l'un des salons une vieille porte aux rideaux
empoussiérés : celle des jardins ! Elle est fermée à
clé et protégée en outre par deux verrous. Ils sont
un peu rouillés mais elle parvient à les manœuvrer
à la force du poignet.

La porte s'ouvre dans un grincement de gonds et
Josina se retrouve à l'arrière du manoir. Elle
s'immobilise, heureuse de sa réussite, fière comme
une enfant tentée par une escapade interdite. Les
jardins sont là, à perte de vue. Sous la clarté lunaire
il lui semble avoir franchi les frontières du pays des
merveilles. Une fontaine coule au milieu d'une
pelouse verdoyante. Plus loin s'étend un terrain de
boules sur gazon. Il s'achève par une cascade qui
jaillit des sous-bois sur les coteaux en surplomb ;
son eau suit une voie capricieuse pour se jeter dans
le lac. Et derrière la cascade, Josina le sait, se dissimule le jardin des plantes aromatiques et médicinales qu'elle aurait envie de visiter. Mais pas
maintenant, pas dans cette pénombre ; il lui faudra
attendre la lumière du jour.

Pour l'instant elle est captivée par le clair de lune
qui luit sur les massifs et les plates-bandes et transforme l'eau de la fontaine en un foisonnement de
minuscules arcs-en-ciel coulant en pluie dans le
bassin de pierre sculptée. Rien ne saurait être plus
romantique, songe-t-elle, ni plus merveilleux que ce
spectacle. Elle imagine sa mère, sa toute jeune
mère au même âge qu'elle, en contemplation
devant cette fontaine, l'esprit et le cœur absorbés
par l'image de l'homme dont elle est amoureuse.
C'est peut-être en ce lieu même qu'elle a triomphé
de ses résistances, secoué le carcan de son éduca-

tion, et s'est avoué qu'on ne refuse pas, qu'on ne rejette pas l'enchantement né d'un coup de foudre irrésistible.

Josina évoque la fuite de sa mère. Bien sûr, se dit-elle, elle a dû renoncer à toutes ces merveilles mais leur beauté est demeurée à jamais inscrite au fond de sa mémoire. Josina revoit son expression quand ils devaient loger dans des meublés sans confort. Elle paraissait à des lieues de distance et ses yeux étaient habités par une nostalgie rêveuse dont Josina croit désormais comprendre la nature. Elle pensait à sa maison, à toute cette beauté qu'elle avait abandonnée.

S'approchant de la fontaine, Josina s'assoit sur la margelle du bassin de pierre pour y plonger les mains. Elle observe l'eau qui s'élance à la verticale comme pour bondir vers les étoiles avant de retomber en cataracte sur les bancs de nénuphars. Fascinée par cette vision, elle s'y attarde malgré toutes ces splendeurs qu'elle voudrait encore explorer.

Elle décide enfin de se lever mais son geste s'interrompt. Pendant qu'elle contemplait la fontaine, un homme est apparu à l'angle du manoir. Peut-être le duc ou l'un de ses invités ? Mais elle voit deux autres hommes rejoindre le premier. Et tous ensemble ils se dirigent vers l'une des fenêtres, s'arrêtent devant, la manipulent comme le feraient des cambrioleurs. Leur comportement est si bizarre qu'elle se lève pour mieux les observer. En quoi cette fenêtre les intéresse-t-elle autant ? Même d'aussi loin elle est certaine qu'il ne s'agit pas du duc ni de ses amis. Les hommes se penchent maintenant en avant et font pression sur la fenêtre. Comme s'ils voulaient empêcher la vitre de tomber ou s'assurer qu'elle ne se brise pas sur le sol. Brusquement Josina se souvient des allusions de Mrs. Meadows au comte de Soissons : un mari si jaloux de son épouse volage que par deux fois il s'est déjà battu en duel à cause d'elle, infligeant à l'un de ses adversaires une blessure fatale.

— Un duel !

Ce cri échappe à Josina comme si une autre le poussait à sa place. Cette fatalité du duel la poursuit et la terrorise. Un duel l'a privée de son père. Et si le duc est entraîné lui aussi dans ce rite barbare, il pourrait à son tour y laisser la vie. Elle évalue la situation. Le duc de Nevondale, un homme aussi important, précipité dans la mort par la faute d'une femme futile et vaine telle que la comtesse : Josina n'imagine rien de plus affreux, de plus ignominieux. Il s'ensuivrait un scandale au cours duquel de redoutables commérages terniraient sa réputation. Sans parler des ricanements, des sarcasmes destinés à fustiger la femme sans honneur qui, en le séduisant, l'aurait attiré dans cette catastrophe.

Josina constate désormais que les hommes à l'œuvre sur la fenêtre ont réussi dans leur tentative. Ils en ont relevé le châssis et l'un d'eux entreprend déjà d'enjamber son rebord. Inutile de les épier davantage. Ce qui se passe est clair. Comme si elle avait des antennes Josina perçoit qu'un danger grave et immédiat menace le duc. Elle ne prend pas le temps de s'interroger avant de réagir. Elle doit voler à son secours ! Empêcher que le nom de la famille soit traîné dans la boue. C'est comme si sa mère était là tout près d'elle et lui transmettait des instructions concernant la marche à suivre. Elle court vers les buissons qui bordent l'un des côtés du jardin et s'y faufile à l'abri. Aucun des trois hommes ne l'a vue : ils sont bien trop occupés à s'introduire en cachette dans le manoir pour remarquer sa présence.

Elle repère un sentier qui mène au manoir et s'y élance. Jamais de sa vie elle n'a couru aussi vite. Au bout du sentier elle jette à travers les feuillages un regard épouvanté. Plus aucun signe des trois hommes. La porte qu'elle a tout à l'heure empruntée n'est guère éloignée. Elle se précipite vers elle sans se soucier de la refermer, bondit dans l'escalier de service, rejoint haletante le palier du premier étage et enfile en hâte le corridor. Elle va d'abord chez la comtesse dont elle ouvre la porte sans frapper. Elle entre. Des bougies brûlent sur la commode et les tables de chevet. Mais le lit est vide. Le cœur palpitant, Josina se rend compte qu'elle ne sera pas difficile à trouver.

Elle retourne dans le corridor, croit entendre à distance des pas au rez-de-chaussée. C'est peut-être un effet de son imagination, mais de crainte d'être vue elle ne va pas jusqu'à la suite ducale au fond du corridor. Parant au plus pressé, elle s'introduit par une porte ouverte dans une pièce plus rapprochée située presque en face. À la seconde où elle y pénètre elle identifie le boudoir que lui a décrit Mrs. Meadows. Les rideaux des fenêtres ne sont pas tirés. Le clair de lune allume des reflets sur le mobilier de style et sur les murs où s'alignent les tableaux qu'elle désirait voir. À sa gauche, une autre porte. Sans doute la communication avec la suite ducale. Elle en pousse le battant. Il ne lui oppose pas de résistance.

Dans l'embrasure elle détaille le spectacle qui s'offre à ses yeux. Deux grosses bougies flamboient de chaque côté du vaste lit. Et dans ce lit sont couchées deux personnes plongées dans une discussion houleuse : un homme et une femme. Celle-ci est de dos. De l'endroit où elle est Josina ne saisit pas les paroles mais reconnaît le timbre de la comtesse. Et son intonation agressive laisse présager qu'elle est furibonde. Josina n'ose ébaucher le moindre geste. C'est alors que le duc l'aperçoit par hasard et s'écrie avec stupeur :

— Josina ? Que faites-vous ici ?

À bout de souffle Josina balbutie d'une voix étrange qu'elle ne reconnaît pas comme étant la sienne :

— Le comte... il est là, je suis sûre que c'est lui. Il monte l'escalier. Il est avec deux hommes. Je pense qu'il vient vous... provoquer en duel.

D'un même élan la comtesse et le duc se redressent dans le lit et la dévisagent. Leur expression reflète le désarroi. La comtesse a un gémissement théâtral.

— Mon mari ? C'est impossible !

À l'instant même où elle prononce ces mots la poignée de la porte pivote. Un coup brutal est frappé contre le battant et une voix d'homme bourrue retentit :

— Ouvrez ou j'enfonce la porte.

Comme propulsé par un ressort, le duc se lève d'un bond. « Vite, en dessous ! » murmure-t-il à la comtesse. Celle-ci se glisse sous le lit, à l'abri du couvre-lit brodé dont les franges rasent le sol. Pendant ce temps le duc saisit sa robe de chambre jetée sur un fauteuil et l'enfile. Un nouveau coup de poing ébranle le battant.

— Ouvrez, je vous le répète, sinon je démolis cette porte !

L'homme qui parle a indéniablement un accent français. Le duc referme sa robe de chambre dont il noue la ceinture et s'avance vers la porte. La comtesse, elle, a disparu. Le duc jette derrière lui un rapide coup d'œil pour vérifier qu'elle est bien invisible. Puis il marmonne en adoptant un débit ensommeillé :

— Qu'est-ce que c'est que ce tapage ?

— Je vous dis d'ouvrir ! braille le comte.

Le duc tend la main pour donner le tour de clé qui va libérer la serrure.

Tout tourne autour de Josina. Le temps se fige. Elle fixe cette porte par où, dans une seconde, le comte va pénétrer comme un boulet de canon. Ses réflexions volent plus vite que le vent. Le comte jugera de toute façon bizarre sa présence à l'entrée du boudoir. Il risque de se douter qu'elle est venue ici pour avertir le duc. En ce cas il cherchera quand même sa femme dans chaque recoin et finira par découvrir sa cachette. Une seconde. Une seconde pour prendre une décision. Elle s'écoule comme au ralenti. Puis le temps reprend son cours normal. Indifférente aux conséquences, Josina bondit vers le lit, vers la place où se trouvait la comtesse un instant auparavant, et se glisse entre les draps.

À peine y est-elle allongée que le duc déverrouille la porte, livrant passage au comte qui se précipite dans la pièce.

— Soissons ! s'exclame le duc en feignant à merveille la surprise. Puis-je savoir quelle mouche vous pique ? Que signifie ce chambardement ? Pourquoi diable débarquez-vous chez moi en pleine nuit comme un forcené ?

Menaçant, le comte rétorque :

— Je suis à la recherche de ma femme et on m'a prévenu qu'elle...

Son discours s'interrompt, tranché net comme par une lame. D'un regard vers le lit il a vu les cheveux dorés et flamboyants de Josina répandus sur les oreillers où ils encadrent son visage menu. Sur le moment il semble pétrifié, comme s'il ne pouvait en croire ses yeux. Puis il reprend avec embarras, en baissant le ton :

— Je dois vous adresser mes plus humbles excuses. On m'avait prévenu de source sûre que ma femme était avec vous, mais je constate que je me suis laissé berner. Je sollicite votre indulgence. C'est de ma part une attitude inqualifiable que d'avoir osé pénétrer ici avec un tel sans-gêne.

Le duc bombe le torse, relève les épaules, hausse le cou. Il semble ainsi dépasser d'une tête le Français et l'écraser de son mépris. Il lâche avec lenteur en scandant les mots d'un ton glacial :

— Il vaudrait mieux, monsieur le comte, oublier sans tarder ce déplorable incident. Je vous prie seulement de décamper aussi vite que vous avez eu l'audace de pénétrer dans ces lieux.

— Mais bien entendu, c'est la moindre des choses, bredouille le comte.

D'un seul coup il a perdu son aplomb et paraît prêt à se recroqueviller sous terre. Il observe à nouveau Josina comme pour se convaincre qu'elle est bien réelle. Puis, avec une révérence ostentatoire, il conclut :

— Je vous prie de bien vouloir m'accorder votre pardon, mon cher. Je suis humilié et confus de vous avoir infligé un pareil affront.

Le duc ne daigne pas répondre. Après le départ du comte il se borne à refermer la porte à clé. Mais il ne s'en éloigne pas. Il prête l'oreille, suppose Josina, pour s'assurer que le Français et ses acolytes battent bien en retraite. Quand il reviendra vers le lit la comtesse émergera de sa cachette et la situation va devenir des plus gênantes.

Sans un mot Josina sort des draps. Sur la pointe des pieds elle se dirige vers le boudoir en évitant de se retourner. Elle traverse lentement la pièce baignée par le clair de lune. Au moment d'atteindre la porte opposée qui ouvre sur le corridor elle entend le comte et ses hommes arriver dans le vestibule et dire au domestique de garde, qui doit les considérer avec ahurissement, de leur laisser le passage. Il ne reste plus à Josina qu'à regagner sa propre chambre.

Épuisée par ces émotions, elle s'affale sur son lit et reste un moment inerte, le temps que se calme sa respiration haletante. Enfin elle reprend ses esprits après ces minutes où son corps a fonctionné en état second, effectuant des actes indépendants de sa volonté. Sa première réaction est l'incrédulité à la suite de cette scène rocambolesque. La deuxième lui perce le cœur ; elle est suscitée par la vision du duc et de la comtesse ensemble, réunis dans leur intimité secrète.

Bien sûr elle avait flairé entre eux une complicité amoureuse. Elle a vu la comtesse jouer les séductrices et compris que ce jeu n'était pas innocent. Mais il y a un abîme entre cette notion intellectuelle et l'évidence matérielle qui lui a sauté aux yeux. Josina est choquée par l'insouciance aveugle du duc, par son dangereux penchant à chasser sur les terres des autres ; et l'infidélité flagrante de la comtesse lui inspire de l'indignation. Elle se croyait avertie des choses de la vie, elle s'aperçoit au contraire qu'elle n'est qu'une petite oie puérile. Le mot « amants » gardait pour elle une signification abstraite. Les effusions tendres de ses parents, quand elle les entrevoyait par hasard, avaient pour elle un sens tout différent. Elles étaient le symbole de leur union, de leur passion conjugale. Josina n'y voyait rien que de normal. Mais cette liaison clandestine, cet adultère aux conséquences funestes, lui laisse aux lèvres un goût d'amertume et de cendre.

Ils agissent pour le plaisir et l'amusement, rien d'autre, pense-t-elle, et ils se moquent des vrais sentiments amoureux. Ils vivent d'artifices. Ce sont des comédiens gesticulants, des pantins qui se livrent à une parodie. Elle analyse mieux désormais la jalousie possessive et outrancière de la comtesse envers le duc et, pour un peu, en viendrait presque à juger pardonnable la fureur du mari bafoué. Mais d'un autre côté, tant pis pour lui s'il a eu la sottise d'épouser une femme légère !

Elle se console en se disant que, même si elle a retourné la situation en usant de méthodes contestables, la fin justifiait les moyens. Elle a eu raison de préserver d'un scandale le chef de la famille de sa mère. Et de lui épargner un duel où il aurait pu être blessé, voire tué comme son père. Je lui ai sauvé la vie, se dit-elle non sans orgueil en se recouchant. On peut critiquer la liberté de ses mœurs, il n'en reste pas moins que cet homme, sans la connaître, lui a manifesté de la bonté, de la gentillesse, de la compréhension... et qu'en outre — à quoi bon le nier ? — elle est impressionnée par lui.

Elle repense à son élégance à cheval, à son aisance pour mener sa monture ; à la distinction naturelle dont il fait preuve en présidant les repas. Et si les puritains qui jadis critiquèrent ses parents ont de lui une mauvaise opinion, qu'ils aillent au diable ! Dans ce magnifique manoir le duc semble parfaitement à sa place pour suivre les traces de ses ancêtres. Y compris ceux qui ont participé à l'histoire de l'Angleterre. « Tu n'aurais quand même pas voulu, maman, s'écrie Josina, que je l'abandonne dans une position aussi désastreuse pour son avenir, pour sa dignité ? » Et elle s'endort d'un sommeil apaisé, bercée par l'idée rassurante que sa mère lui sourit, la prend dans ses bras pour la câliner comme autrefois, sans hésiter à la féliciter d'avoir agi avec autant d'audace, d'initiative et de discernement.

Les déplacements de la femme de chambre qui s'affaire dans les parages éveillent Josina en sursaut. Il doit être encore tôt : cette pensée se fraie un chemin dans son esprit engourdi. Peut-être le duc désire-t-il, comme la veille, qu'elle monte à cheval en sa compagnie.

Elle ouvre les yeux, se redresse.

— Quelle heure est-il, Emily ?

— Bientôt sept heures, Miss. Et Sa Grâce a ordonné que vous soyez habillée et prête à partir à Londres à la demie. J'ai apporté votre breakfast car Sa Grâce n'aime pas attendre.

— À Londres ? répète Josina avec un sursaut de stupeur.

La femme de chambre dispose le plateau sur ses genoux mais Josina est incapable d'avaler la moindre bouchée. La brusquerie de cette nouvelle lui coupe l'appétit. Une seule idée lui paraît plausible : le duc a modifié son projet de la conduire lundi chez lady Swinton. Il a décidé de l'y emmener dès ce matin. Et ce changement de plan est dû bien sûr aux événements de cette nuit. Il ne veut pas que je revoie la comtesse après ce qui s'est passé, conclut-elle. Mais une telle précipitation lui semble pour le moins suspecte.

— Où est Nanny ?

La femme de chambre est revenue avec un broc d'eau chaude.

— Miss Tate a été chargée de préparer vos bagages et de vous les apporter par le train qui suivra, Miss.

Josina, prise de court, ne trouve rien à répondre. Elle ne tarde pas à repousser le plateau sans y avoir touché. Elle se lève aussitôt et, en hâte, Emily l'aide à faire sa toilette et à s'habiller. Elle n'a à sa disposition que la robe noire, le manteau et le chapeau assorti d'un voile de veuve qu'elle portait à son arrivée. Elle n'échange pas un mot avec Emily, sachant qu'elle ne doit pas être en retard et impatienter le duc. Il est exactement la demie passée d'une minute lorsque, son sac à main sous le bras, Josina descend le grand escalier en courant.

Le duc est déjà prêt, installé dans un phaéton relié à un attelage de quatre chevaux. La capote est baissée. Josina prend place à côté du duc.

Tandis qu'ils parcourent l'allée, Josina a une pensée lugubre : elle ne reverra peut-être plus jamais le manoir. Avec un pincement au cœur elle se dit qu'elle n'aura pas visité le jardin aux plantes aromatiques et médicinales.

Un instant plus tard ils sont au village. Dès qu'ils l'ont quitté le duc lâche la bride aux chevaux. Presque aussitôt leur allure s'emballe, devient une cavalcade frénétique. Josina ne se souvient pas de s'être jamais déplacée aussi vite.

Elle ferme les yeux, abandonne sa nuque au capitonnage du dossier malgré les cahots qui le secouent. Le tintamarre des chevaux lancés à un train d'enfer l'assourdit. Dans son esprit des images tourbillonnent. Des bribes de réalité virevoltent. Elle revoit les épisodes vécus cette nuit comme les morceaux d'un rêve éclaté. Sa promenade au clair de lune, l'arrivée du comte et de ses comparses entrevus derrière les buissons, sa course vers le manoir, son irruption affolée dans la chambre où le duc et sa maîtresse étaient au lit. C'est un kaléidoscope dont les fragments disloqués défilent et lui donnent le tournis. Elle est saisie d'un vertige. J'espère que je ne vais pas m'évanouir, songe-t-elle. Elle respire profondément ; sa main se crispe, agrippe la poignée de la portière avec tant de force que ses phalanges blanchissent.

Elle reprend son souffle et rouvre les yeux. Son malaise se dissipe. Elle serait tentée maintenant de céder à la griserie de la vitesse, prometteuse d'oubli, si elle ne percevait tout près d'elle la présence immobile du duc. Sans même le regarder, elle sait qu'il a les lèvres serrées, les traits renfrognés. Il est en colère, il m'en veut, se dit-elle avec désespoir. Elle voudrait lui expliquer. Lui crier que son seul but était de lui venir en aide. Pourquoi lui en tient-il rigueur ? S'il l'emmène aussi soudainement chez sa marraine, c'est le signe évident qu'il ne veut plus d'elle, qu'il préfère la chasser de son existence. Mais à quoi bon protester ? Elle soupire et se tait.

Au bout de deux heures d'une galopade effrénée, ils s'arrêtent à une auberge servant de relais. Pour la première fois depuis leur départ le duc prend la parole :

— Vous voudrez sans doute vous rafraîchir. Je vous ferai servir un en-cas et je vous donne dix minutes avant que nous repartions avec un nouvel attelage.

Sans attendre de réponse il descend du phaéton et se dirige vers l'auberge. N'ayant nulle envie d'aggraver l'irritation du duc, Josina le suit à distance. A l'étage, une serveuse lui apporte une cuvette d'eau chaude, une serviette de toilette et un savon. Peu après lui parvient un plateau garni d'une coupe de champagne et d'un assortiment de pâtés en croûte. Les mêmes qu'elle a mangés la veille à Nevon Hall après le steeple-chase. Elle en conclut que le duc a préféré se munir de ses provisions sans trop se fier à la nourriture offerte dans un relais.

Inquiète à l'idée de perdre du temps, elle ne quitte pas l'horloge du regard et redescend dans la cour avant que les dix minutes soient écoulées. Comme elle le prévoyait, l'attelage a déjà été remplacé : quatre chevaux frais piaffent et ruent dans les brancards, impatients de prendre la route. Le duc est déjà à sa place, les rênes en main.

— Comment vous sentez-vous ?

À cette question d'une affligeante banalité, Josina ne peut répondre que par une phrase sèche et impersonnelle :

— Très bien, je vous remercie.

Le duc relâche les brides pour permettre aux chevaux de bondir. On dirait qu'il a communiqué avec eux, leur a transmis un mystérieux message, tant les deux actions sont simultanées. Et leur voyage reprend à une vitesse accélérée. Au bout de cinq heures à peine ils atteignent les faubourgs de Londres. Josina s'interroge : pourquoi n'ont-ils pas pris le train ? Le duc a sans doute ses raisons et elle aimerait bien les connaître. Mais il va de soi qu'un entretien entre eux est impossible, vu l'allure à laquelle ils roulent. Son père lui a expliqué jadis qu'un homme concentré sur l'équitation ou la conduite d'un attelage est distrait si une personne près de lui jacasse comme un perroquet.

Le duc ralentit la berline au milieu des rues encombrées par la foule et s'engage dans une avenue dont Josina déduit qu'il s'agit de Park Lane. C'est là qu'est situé, lui a maintes fois répété sa mère, Nevon House, l'hôtel particulier de la famille. Là où, jeune fille, elle a fait ses débuts dans le monde. La spacieuse demeure domine les arbres de Hyde Park. Sa mère la lui a si souvent décrite qu'elle a déjà l'impression de la connaître avant même que le duc arrête la berline devant le perron.

Un tapis rouge est déroulé sur les marches. Posté à la porte, un maître d'hôtel s'incline avec respect devant le duc.

— Bienvenue pour votre retour parmi nous, Votre Grâce.

Le duc pénètre dans le vestibule, tend son chapeau et ses gants à un valet de pied.

— Il y a des rafraîchissements dans le cabinet de travail, Votre Grâce, annonce le maître d'hôtel.

— Merci, Dawson, répond le duc. Mais je suis sûr que Miss Marsh préférera se rendre tout de suite là-haut.

— Elle est attendue par Mrs. Ward, Votre Grâce.

Josina gravit l'escalier et, comme prévu, la gouvernante est là pour l'accueillir en haut des marches. C'est une femme d'environ quarante ans et il est peu probable, estime Josina, qu'elle ait des souvenirs de sa mère. Mrs. Ward la conduit dans une pièce au mobilier luxueux, l'aide à retirer son manteau et son chapeau. Puis elle lui propose de recoiffer ses cheveux ébouriffés par la vitesse de leur chevauchée. Josina procède ensuite à sa toilette. Quand celle-ci est achevée, Mrs. Ward intervient :

— Sa Grâce vous attend, Miss, dans le cabinet de travail.

Elles ont à peine échangé quelques mots à propos du voyage mais l'appréhension noue la gorge de Josina. Elle descend l'escalier avec lenteur. Elle n'a nulle envie de connaître la marraine du duc. Son seul désir est de rester auprès de lui car, même éloigné, c'est un parent de sa mère. Et aussi à cause de l'accueil cordial qu'il lui a réservé après son arrivée inopinée au manoir.

Quand elle se présente dans le cabinet de travail, le duc la dévisage longuement avant de prendre la parole.

— Vous allez d'abord boire une coupe de champagne, Josina. Et vous écouterez ensuite ce que j'ai à vous dire.

— Je vous écoute, répond-elle d'une voix blanche.

Le duc lui tend le champagne. Il marque une pause que Josina trouve interminable. Elle a les tempes qui bourdonnent. Enfin le duc rompt le silence :

— Vous devez vous poser des questions : pourquoi sommes-nous partis si tôt et que faisons-nous ici ?

— J'ai pensé que... vous m'en vouliez. Que vous étiez fâché contre moi.

Sa voix chevrote, ses lèvres tremblent.

— Fâché contre vous ? Loin de moi cette idée. Je vous suis au contraire infiniment reconnaissant de m'avoir tiré d'un mauvais pas qui aurait pu dégénérer en fâcheux incident. Je dois même avouer que je suis confondu par votre présence d'esprit. Mais comment saviez-vous que le comte était au manoir ?

— J'étais allée me promener dehors. Et de la fontaine je l'ai vu briser une fenêtre pour entrer.

Les lèvres pincées, le duc reste muet. Josina continue :

— Mrs. Meadows m'a raconté qu'il avait tué un homme en duel. Alors j'ai eu peur que vous ne subissiez... le même sort que mon père.

— Je ne peux que vous remercier encore. Mais avez-vous mesuré la portée de votre acte ? Vous est-il venu à l'idée que votre plan pour me sauver vous a compromise ?

Josina tombe des nues. Cet aspect de la situation lui avait échappé.

— La comtesse ne va tout de même pas aller clamer cette histoire sur les toits ?

— Dans ce domaine on ne peut avoir aucune certitude. Je crois que c'est plutôt le genre d'anecdote cocasse qui va se répandre de club en club, dans des versions de plus en plus grivoises chaque fois enrichies de nouvelles fabulations.

Son intonation est dure et sèche. Josina s'étonne :

— Vous n'avez pas demandé à la comtesse de garder le secret ?

— Je lui ai interdit de répéter cette histoire à quiconque, aussi bien au manoir qu'ailleurs. Mais comment se fier en toute sécurité à une créature de cet acabit ?

Son ton devient acerbe, cinglant. Josina pour une fois ose le regarder droit dans les yeux. Pourquoi parle-t-il avec un tel dédain de celle qui est sa maîtresse ?

— Josina, ne craignez rien, reprend le duc. Votre réputation sera préservée. Mon devoir est clair : je vais vous épouser.

Josina le fixe, n'en croyant pas ses oreilles. La gorge nouée, elle murmure :

— Vous... vous voulez vous marier avec moi ?

6

Un silence gêné s'ensuit, se prolonge. Josina voudrait pouvoir disparaître sous terre. Le duc, de son côté, ne paraît pas très à l'aise non plus. Puis il toussote pour s'éclaircir la voix et annonce d'un ton impassible :

— Je ne peux tolérer de vous compromettre alors que vous venez à peine d'arriver en Angleterre. Vous m'avez sauvé du discrédit, je vous le répète, et ma gratitude envers vous est immense. Cela dit, il va nous falloir jouer serré.

Josina le regarde sans comprendre. Sous ses pieds le sol tangue, les murs de la pièce tournoient. Comment peut-il tenir sérieusement de tels propos ? Envisager de l'épouser alors qu'il est l'amant de la comtesse ? C'est une farce, s'insurge-t-elle, un jeu cruel. Il se moque de moi.

Le visage grave, le duc continue son monologue.

— J'ai réfléchi à une histoire qui devrait être plausible.

Une hésitation. Il cherche ses mots.

— Voici la version que nous rendrons publique. Au début de cette année j'ai séjourné à l'étranger. Rien ne nous interdit de broder là-dessus un récit invérifiable : au cours de mon voyage je vous ai rencontrée, nous sommes tombés amoureux l'un de l'autre et je vous ai épousée sur-le-champ.

116

Le souffle manque à Josina, mais elle ne l'interrompt pas.

— Malheureusement, ajoute le duc, comme votre mère souffrait d'une maladie grave, vous ne pouviez la quitter. Vous ne vouliez d'ailleurs pas prêter le flanc à la critique : il eût été indécent de la délaisser, alors que son état exigeait votre présence auprès d'elle, pour accompagner un homme que vous veniez tout juste d'épouser.

Josina se garde d'émettre un commentaire et laisse le duc exposer la suite de sa fable.

— Je suis donc revenu seul en Angleterre, en attendant que votre mère guérisse et que vous puissiez m'y rejoindre toutes les deux. Alors nous aurions annoncé officiellement notre mariage.

Il ébauche un geste résigné de la main avant de poursuivre :

— Nous ne savions pas que, hélas, votre mère était condamnée. Et sur son lit de mort elle a insisté pour que vous partiez aussitôt pour l'Angleterre où était votre place auprès de votre époux. D'ailleurs c'est un peu ce qui s'est passé : c'est votre mère qui vous a envoyée à moi.

« Cependant, vous êtes arrivée à un instant que l'on pourrait qualifier d'inopportun, un soir où je recevais des amis qu'en principe vous n'auriez pas dû fréquenter.

Cette réflexion étonne Josina. Elle n'avait pas prévu que, tout comme elle, il rangerait la comtesse parmi les personnes que sa mère n'aurait pas voulu rencontrer.

— Pris de court, conclut le duc, je n'ai pu réagir sur le moment. Il m'était bien sûr impossible d'annoncer nos épousailles à mes invités avant même d'avoir prévenu ma famille.

Il regarde Josina comme pour solliciter son approbation. Mais elle se contente d'un hochement de tête imperceptible. Le duc reprend :

— Ce mariage est désormais pour nous la seule échappatoire. Je vais obtenir une licence spéciale et m'arrangerai pour que la cérémonie ait lieu dans la plus stricte intimité, à l'insu de tous, dès ce soir à Grosvenor Chapel. C'est à deux pas d'ici.

— La seule solution, vous en êtes sûr ? dit Josina avec hésitation. Je pourrais aussi retourner en Italie et vous… m'oublieriez.

— Il serait impossible à ceux qui vous ont déjà vue de vous oublier, objecte le duc. Et comment réussiriez-vous à vivre toute seule sans ressources, sans personne pour prendre soin de vous ?

Josina doit reconnaître que l'argument est irréfutable. Seule, elle ne l'a jamais été de sa vie. Et l'idée de retourner en Italie orpheline, abandonnée de tous, l'épouvante. Elle lève les mains en un geste d'impuissance. Le duc en profite pour souligner :

— Non, mon idée est la seule envisageable ; et j'espère, Josina, quand tous ces événements appartiendront au passé, que nous les oublierons et pourrons être heureux ensemble.

Il prononce cette phrase sans même lever les yeux sur elle. Josina, maintenant, a tout compris : il se sacrifie par devoir, mais ce projet de mariage est pour lui une catastrophe. Il va commettre la folie d'épouser une inconnue débarquée chez lui il y a deux jours. Et, qui plus est, la fille de la brebis galeuse de la famille, qui fit scandale en refusant un prince pour épouser un joueur professionnel.

— Voilà, reprend le duc. Vous savez maintenant pourquoi je vous ai amenée ici avec une telle urgence. Le mieux pour vous serait maintenant de vous détendre un peu. Je pars chercher notre licence de mariage et j'espère être de retour dans une heure ou deux. Évidemment personne ici ni ailleurs ne doit être informé de ce qui se passe.

— Vos amis ne seront pas dupes du manège, allègue Josina. Vous connaissant, ils refuseront d'y croire.

— Bien entendu ils ne manqueront pas de s'interroger. Mais quelle preuve du contraire auront-ils à m'opposer ? Votre mère était encore jeune ; pouvais-je prévoir sa mort quand je vous ai laissée seule en Italie pour veiller sur elle ?

Josina ne sait que répondre, tandis que le duc va prendre des formulaires sur le bureau.

— Je tâcherai d'en avoir fini le plus vite possible. Mais avec l'administration, les formalités sont parfois plus longues que prévu.

Il se dirige vers la porte et, avant de sortir, se retourne vers Josina :

— Reposez-vous et surtout soyez sans inquiétude. Rien n'est jamais aussi fâcheux qu'on le croit.

Il disparaît sans qu'elle ait pu placer un mot. Après son départ elle reste clouée sur place. Elle a l'impression de vivre un cauchemar. Est-il possible que le duc de Nevondale ait résolu de l'épouser pour le simple motif qu'il lui est redevable d'une aide aussi particulière qu'insolite ? Au bout de combien de temps la détestera-t-il pour l'avoir attiré dans ce qu'il interprétera comme un traquenard ? Secouant la stupeur qui la pétrifie, elle veut courir à sa poursuite pour lui crier que de toute façon elle refusera de se marier. Puis elle se rend compte que c'est trop tard. Le duc est déjà dans le vestibule et les domestiques entendront leurs propos. Que faire ? Comment sortir de ce guêpier ? Elle a suivi les instructions de sa mère et obtenu le résultat escompté : elle a pu s'introduire chez le duc et le convaincre de la secourir. Mais il serait malhonnête de l'obliger à se marier avec elle. Oui, « obliger » est bien le mot juste. C'est une évidence : il agit contraint et forcé. Malgré sa malveillance la comtesse n'avait pas tort : les hommes fuient les jeunes filles comme la peste ; ils se gardent bien d'approcher ces oies blanches tenues en laisse par leur mère, élevées avec des œillères.

Favorisée par le sort, Josina a eu une mère pas comme les autres qui a stimulé son éveil à la connaissance et encouragé le développement de sa personnalité. Elle n'est pas idiote et pourrait — sans prétendre viser le niveau d'Oxford ou de Cambridge — en remontrer à la plupart des garçons de son âge. Mais elle n'a pas le courage de s'attaquer à la citadelle des préjugés masculins. Un jour enfin il faudra bien que ça change, se dit Josina. Dans dix ou vingt ans je me battrai peut-être en faveur des droits des femmes.

Mais pour l'instant elle doit se battre pour elle-même. Il est hors de question qu'elle épouse le duc. Elle le revoit au lit avec la comtesse, se souvient du choc qu'elle a éprouvé. Elle aimerait mieux renoncer à tout que de l'épouser, sachant qu'il n'a pas envie de partager sa vie et qu'aucun amour n'est possible entre eux.

Aucun amour possible entre eux ? Une sensation étrange s'empare d'elle — un mélange d'agacement, de colère, de surprise. Elle ne comprend pas. Que lui arrive-t-il ?

Puis soudain l'évidence. Elle s'en souvient, elle a été fascinée d'emblée par le charme du duc, par l'expression de ses yeux, cette ironie perçante dissimulant une bienveillance sous-jacente, par son allure, par sa prestance, par — oui, elle se l'avoue enfin — par toute sa personne ! Mais elle a choisi aussitôt d'oublier cette attirance, dès qu'elle a vu la comtesse et en a tiré ses conclusions. Néanmoins elle n'a pu chasser le duc de son inconscient puisque dès le premier soir elle a rêvé de lui en superposant ses traits à ceux de son père.

Le lendemain elle a dressé autour d'elle une barrière, se bornant à établir avec le duc des relations cordiales mais détachées, à répondre à son offre de monter à cheval, à se taire pour l'écouter parler, à le remercier pour sa générosité. Même si lors du steeple-chase elle n'a pu s'empêcher de vibrer, d'admirer son adresse de cavalier et de formuler des vœux ardents pour qu'il gagne. Elle n'a pas cherché à s'expliquer sa joie exubérante quand il a été vainqueur. Elle triomphait en même temps que lui, elle était aux anges. C'était plus que de l'enthousiasme, c'était un sentiment qu'elle ne savait nommer, n'en ayant jamais connu les symptômes. Mais en ce moment même une voix s'élève en elle et lui suggère que... oui, déjà, c'était de l'amour.

— Non... non ! souffle-t-elle.

Vivre avec un homme incapable de l'aimer passionnément, vouloir singer l'exemple idéal de ses parents ? Pas question ! Le cas de ses parents était unique. Son père est tombé amoureux fou de sa mère dès le premier regard. Le duc, lui, ne lui a témoigné qu'une bienveillance dictée par ses engagements familiaux. Elle s'imagine se languissant de lui à l'exemple de sa mère en l'absence de son père : l'enfer au quotidien. Sa mère, elle, attendait un homme profondément épris d'elle. À son retour le duc, lui, l'observerait avec indifférence en regrettant qu'elle ne soit pas une autre. Non, plutôt mourir !

Puis elle se calme et s'efforce de réfléchir. Le duc a précisé que leur mariage serait célébré à Grosvenor Chapel. Non loin de Nevon House, donc. Lady Margaret, lorsqu'elle évoquait sa vie dans l'hôtel particulier de Park Lane, racontait que chaque dimanche elle allait à Grosvenor Chapel assister à l'office religieux.

À pas de loup, Josina s'éclipse du cabinet de travail et remonte dans sa chambre. Elle y trouve des soubrettes qui s'activent à défaire ses bagages : Nanny est donc arrivée depuis peu. Comme en réponse à une question implicite l'une d'elles mentionne en accrochant ses robes dans la penderie :

— Miss Tate est allée manger dans les cuisines, madame, et Sa Grâce a ordonné qu'on vous serve votre repas dans le boudoir.

— Je vous remercie, réplique Josina.

Elle se dirige vers une porte d'angle qui doit servir de communication et se retrouve en effet dans un charmant boudoir. Son couvert est déjà dressé sur une table devant la cheminée. Soulagée, elle voit qu'elle est seule dans cette pièce. Peut-être le duc lui a-t-il ménagé ce refuge pour qu'elle s'y sente à l'aise, à l'abri des coups d'œil indiscrets. Elle n'a pas faim mais se force à avaler un peu de la mousse de saumon disposée dans un plat d'argent. Elle boit ensuite un verre de vin blanc avant de retourner dans sa chambre.

Josina va chercher dans la penderie le chapeau de veuve qu'elle a porté pour le voyage. Elle s'en coiffe et abaisse le voile de crêpe noir qui lui dissimule le visage. Puis, d'un pas décidé, elle va vers l'escalier pour gagner le rez-de-chaussée. Dans le vestibule, deux valets de pied la regardent avec une certaine surprise s'avancer vers la porte d'entrée.

— Si on me demande, explique-t-elle, dites que je suis juste allée à Grosvenor Chapel. Je crois savoir que c'est tout près.

— Vous tournez simplement dans la première rue à gauche, madame, répond l'un des valets. Prenez ensuite la deuxième à gauche et vous y serez.

— Merci, dit Josina.

— Madame désire-t-elle que l'on aille chercher un cabriolet aux écuries ? propose l'autre valet.

— Non, réplique-t-elle, j'ai envie de marcher un peu et de prendre l'air.

Il lui ouvre la porte et elle quitte l'hôtel particulier. Suivant leurs instructions, elle s'éloigne le long d'une rue tranquille. Le tournant initial la conduit dans une ruelle et le suivant dans une artère un peu plus animée. Elle voit alors sur sa droite un édifice — Grosvenor Chapel. Sa mère lui racontait qu'au temps de son enfance la famille Grosvenor occupait toujours le premier banc d'un côté de la nef et les Nevon celui du côté opposé. Maman venait prier ici quand elle avait mon âge, se dit-elle. Je suis sûre qu'elle va m'entendre et m'aider.

La porte de la chapelle est ouverte. Josina y pénètre et remonte à pas comptés la travée centrale. Elle s'agenouille et adresse, non à Dieu mais à sa mère, une prière fervente, un appel au secours désespéré.

— Maman, que dois-je faire ? Tu m'as envoyée en Angleterre pour demander au duc de me prendre en charge. Mais comment pourrais-je me marier avec lui alors qu'il est amoureux de cette femme ? J'avais toujours décidé de n'épouser un homme que s'il existait entre nous un amour réciproque, le même qu'entre toi et papa. Et si je m'enfuis comme j'en ai l'intention, de quoi vais-je vivre ?

Elle espérait plus ou moins recevoir de sa mère un message en réponse. Mais autour d'elle tout n'est que vide et silence. Elle jette un regard désemparé vers l'autel où s'amoncellent des masses de fleurs blanches. C'est alors que l'orgue commence à émettre des accords en sourdine. Elle n'avait pas la moindre idée de la présence d'une autre personne dans la chapelle. Mais maintenant la musique sereine et douce lui semble provenir non plus de l'orgue mais du ciel. Elle y réagit de tout son être, le corps tendu. Cette musique, c'est la réponse de sa mère. Et celle-ci lui dit de ne pas être effrayée. Josina poursuit sa prière. C'est plutôt une conversation où elle confie à lady Margaret ses doutes, ses angoisses, ses peurs. Comme à l'époque où, petite fille, elle se lovait sur ses genoux, elle a ensuite l'impression que sa mère la serre dans ses bras et lui promet qu'elle ne sera plus jamais seule, quoi qu'il advienne.

L'orgue s'est tu sans qu'elle s'en aperçoive. Se disant qu'il est temps de partir, elle se relève. Elle a conscience de ne plus être la même qu'à son entrée dans la chapelle, ses tourments sont apaisés. À sa sortie de l'édifice elle est éblouie par le soleil. Elle avance de quelques mètres, hésitante, ne sachant où se diriger. Soudain un souvenir lui revient. Un cimetière s'étend derrière Grosvenor Chapel. C'est là, lui disait sa mère, que sont inhumés plusieurs de ses ancêtres. Il était réservé au siècle dernier aux paroissiens de Saint-George à Hanover Square. Puis dans ce quartier ont été aménagées de nouvelles rues, dont South Audley Street. À cette époque sir Richard Grosvenor a loué pour trente livres par an un terrain sur lequel on construisit Grosvenor Chapel. En bordure de la rue, la chapelle masque le cimetière Saint-George où sont enterrés les aïeux des deux familles Grosvenor et Nevon.

Josina pousse la grille du cimetière : elle a décidé de se recueillir sur les tombes de ses ancêtres. Beaucoup des Nevon qui reposent en ce lieu ont été honorés par des tombeaux impressionnants. Elle avise des bouquets de fleurs déposés par monceaux sur diverses sépultures mais il n'y en a pas un seul sur celles de sa famille. Elle déambule au hasard dans les allées, prenant son temps car elle toujours aimé la quiétude qui règne dans les cimetières. Il lui faut un long moment pour découvrir le mausolée majestueux où repose son grand-père. Elle examine avec une froideur détachée cet étalage ostentatoire. Puis elle remarque à côté une toute petite tombe. Elle se penche pour lire l'épitaphe gravée sur la pierre.

Lord Dudley Nevon
décédé en 1789 à l'âge de six ans

Au-dessous est rédigée une inscription en caractères plus étroits et à demi effacés. Elle gratte la pierre moussue et tavelée :

Laissez venir à moi les petits enfants

Relevant son voile, Josina arrache les plaques de mousse qui rendaient la citation presque illisible. Absorbée par sa tâche, elle tressaille quand une voix toute proche s'adresse à elle :

— Excusez-moi, madame, mais puis-je me permettre de vous dire que je n'ai jamais rien vu d'aussi beau que l'image que vous offrez en cette minute ?

Ébahie, Josina lève les yeux. Debout devant elle, un homme âgé la domine. Avec sa silhouette imposante, son visage orné d'une barbe blanche et son regard perçant, il a l'air d'un prophète biblique. Josina se redresse et déclare avec un certain embarras :

— J'examinais les tombes.

— En présentant à mes yeux un spectacle si admirable que je vais devoir vous supplier, au besoin à genoux, de bien vouloir poser pour moi.

Devant l'expression étonnée de Josina, son interlocuteur s'explique :

— Je m'appelle Raphaël Owen. Je ne suis pas un artiste peintre de premier plan mais je suis un ami et un disciple de George Watts dont le nom ne vous est sûrement pas étranger.

— Bien sûr, je le connais de renommée. Ses tableaux sont remarquables.

En prononçant cette réponse d'un air assuré elle évoque ses entretiens sur l'art avec sa mère, occasions pour celle-ci de lui inculquer le goût et le désir d'étudier l'œuvre des peintres anglais contemporains les plus célèbres. Bien entendu George Frederick Watts était du nombre, tout comme sir John

Everett Millais, l'un des fondateurs du préraphaélisme.

Mr. Raphaël Owen se lance alors dans un discours prolixe.

— Acceptez de m'écouter, madame, et laissez-moi vous expliquer à quel point j'ai besoin de vous. Le délai pour s'inscrire à l'exposition de l'Académie royale expire dans quatre jours. J'ai tenté avec désespoir de trouver l'inspiration pour exécuter un tableau qui sorte de l'ordinaire. Une œuvre dont le sens puisse toucher chaque visiteur et lui transmettre un message qui lui irait droit au cœur.

Il s'exprime avec une ferveur passionnée et Josina est persuadée qu'il dit la vérité. Il affiche les signes extérieurs de sa condition de rapin : chapeau à larges bords, veste de velours, pantalon sombre et, à la place d'un faux col et d'une cravate, un grand foulard noué autour du cou en formant deux coques : ce que les Français appellent une lavallière.

— C'est un miracle de vous rencontrer au tout dernier moment, alors que j'étais au bord du désespoir. Vous représentez l'idéal que je recherchais. Qui pourrait vous voir dans votre robe de veuve, agenouillée devant la tombe d'un jeune enfant, sans être ému jusqu'aux larmes ?

Il semble si sincère que Josina n'a pas le courage de l'éconduire.

— Je serais heureuse de vous aider, monsieur, mais... je crains que ce ne soit impossible.

— Pourquoi ? Je vous en prie, dites-le-moi.

— Parce que je viens d'arriver à Londres et que...

Elle s'arrête net : et si c'était pour elle aussi le miracle souhaité dans ses prières ? Néanmoins, c'est tellement inattendu. Comment pourrait-elle croire à cette éventualité ?

Mr. Raphaël insiste :

— Vous arrivez à peine à Londres ? Mais alors c'est prodigieux, c'est un signe du destin. Nous sommes ici tous les deux, l'un face à l'autre, et je ne vois pas quel obstacle pourrait m'interdire de peindre une personne aussi exquise que vous.

— L'ennui, monsieur, c'est que je n'ai nulle part où aller.

— Nulle part ?

La surprise du peintre est manifeste.

— Je suis seule ici et c'est mon premier séjour à Londres.

— En ce cas, propose Mr. Owen, consentiriez-vous à honorer mon humble logis en venant y habiter ? Ma gouvernante est une brave femme ; elle se chargera de vous et veillera à ce que vous ne manquiez de rien. Il vous suffirait de rester trois jours chez moi, le temps de faire votre portrait, et vous apporteriez un grand bonheur à un vieil homme.

Josina retient son souffle. Est-il concevable d'accompagner ainsi un inconnu, même s'il lui inspire confiance ?

Elle réfléchit. Si elle s'absentait, le duc se retrouverait seul avec sa licence de mariage inutile. Il l'attendrait mais ne pourrait rien entreprendre sans elle. Et elle bénéficierait d'un répit pour chercher un moyen de se tirer d'affaire et peut-être même de subvenir à ses besoins.

Le peintre ne la quitte pas des yeux, conscient de son indécision.

— Comment vous implorer de m'aider ? Vous exprimer d'avance toute ma reconnaissance ? Vous ne courez aucun risque, je peux vous le jurer ; rien de contraire à vos désirs ne sera exigé de vous. Comme je vous l'ai précisé, ma gouvernante prendra soin de vous. Et vous serez traitée avec le plus grand respect par elle *et par moi*.

Il a accentué ces trois derniers mots comme s'il craignait que Josina ne le soupçonne d'intentions déshonnêtes. Les peintres ont une réputation d'immoralité, il le sait bien. Il conçoit que cette délicieuse créature, qui lui semble débarquer d'une autre planète, ressente de l'inquiétude. Elle a sans doute peur d'être attirée dans un traquenard.

— Je suis un vieil homme, ajoute-t-il pour la rassurer. En fait, j'ai plus de soixante-dix ans. Et si je vénère toujours la beauté, elle est devenue pour moi hors d'atteinte.

Mais, la voyant désorientée, il n'insiste pas et se contente de conclure avec véhémence :

— Madame, si vous avez comme j'en suis sûr du respect pour l'art, je vous conjure de m'aider à créer un tableau que je serai fier d'exposer à l'Académie royale. Et nous perdons du temps à en discuter au lieu de nous mettre déjà au travail !

Son brusque changement de ton fait sourire Josina.

— Il serait difficile, monsieur, de vous résister plus longtemps ! Mais avant de venir avec vous j'ai un aveu à vous faire. Je suis entièrement démunie d'argent et mes seuls vêtements sont ceux que je porte.

— Aucune importance, puisque je vous paierai. En fait je vous offrirai tout ce dont vous aurez besoin pendant que vous poserez pour moi.

— Vous allez vraiment me payer ?

Elle ignorait que les modèles d'un peintre sont rétribués.

— Bien entendu. Vous aurez même quatre ou cinq livres de plus que tout autre modèle ne pourrait en exiger à l'heure actuelle auprès de mes confrères.

En une seconde Josina se décide à laisser agir le destin et renonce à s'interroger.

— Eh bien, monsieur, j'accepte avec plaisir.

Le peintre lève les yeux au ciel et s'écrie :

— Comment vous manifester ma reconnaissance ? Je n'osais trop l'espérer. Vous me sauvez d'une catastrophe.

S'il a prié pour obtenir une solution à son problème, se dit Josina, lui et moi sommes logés à la même enseigne. En tout cas ses prières à elle, par un détour étrange et insolite, ont été exaucées. Elle a la conviction d'avoir été guidée par sa mère. Elle n'est plus obligée désormais d'épouser le duc et de se ronger les sangs à cette idée. Elle sourit à Mr. Owen avant de s'agenouiller à nouveau devant la minuscule tombe dont elle effleure la stèle du bout des doigts. Merci à toi, maman, pense-t-elle, et merci aussi à mon ancêtre grâce à qui j'ai attiré l'attention de cet homme. Dès qu'elle aura un peu d'argent elle se promet de revenir déposer des fleurs sur sa petite sépulture.

Elle se relève et dit au peintre qui l'observe :

— Maintenant, monsieur, je vous suis. Montrez-moi où nous devons aller.

— Ce ne sera pas long. J'habite non loin d'ici une maison de Farm Street.

Ils traversent le cimetière. Elle imagine la réaction horrifiée de la famille Nevon s'ils savaient jusqu'où elle s'apprête à descendre dans l'échelon social. Servir de modèle à un peintre ! Moue significative et bec pincé, ils hocheraient la tête : qu'attendre d'autre de la fille d'un joueur ? En un sens, d'ailleurs, ce n'est pas faux. Avec une témérité qu'ils eussent qualifiée de coupable, elle s'aventure sur les traces de son père ; mais dans cette partie qu'elle s'apprête à jouer, l'enjeu est sa personne. Elle s'abandonne à un inconnu au point de l'accompagner chez lui sans bagages ni argent.

Un frisson d'appréhension la parcourt, puis elle se rassure : si la situation tourne mal et si Raphaël Owen se révèle être un imposteur, elle pourra toujours se réfugier à Nevon House pour y solliciter le pardon du duc. Bien sûr, il sera furieux qu'elle se soit sauvée sans raison apparente. Mais elle espère qu'il sera soulagé de ne plus avoir à épouser une jeune fille qui a envahi sa vie ni de justifier sa conduite en ménageant l'opinion de ses proches. Malin comme il l'est, il trouvera une explication plausible quant à la disparition de Josina. Et, au cas où l'esclandre causé par le comte viendrait à être ébruité, le duc aura sûrement sa version des faits. Il ne risquera pas d'être démenti s'il prétend que la femme que l'on a surprise dans son lit était une étrangère rencontrée sur le continent. Et telle sera la conclusion d'une histoire sans issue, se dit Josina avec fatalisme en s'engageant dans Farm Street au côté de Raphaël Owen.

7

La maison de Mr. Owen est petite, vieillotte ; sa façade est décrépite. Elle est encastrée entre deux bâtisses plus récentes dont les dimensions l'écrasent. En y entrant Josina est frappée par une constatation soudaine. Malgré sa tenue de veuve, elle est sans alliance. Elle l'a enlevée dans la salle d'attente de la petite station de chemin de fer avant de se présenter sans déguisement devant le duc. Elle explore son sac à main, y retrouve l'alliance et la glisse avec discrétion à son doigt tandis que Raphaël Owen referme la porte dans son dos en faisant le joli cœur :

— Puis-je connaître votre nom, belle dame sortie d'un rêve, pour achever de me persuader de votre réalité ?

— Je m'appelle Mrs. Murgrove, improvise Josina. Josie Murgrove.

Ils s'avancent dans un étroit couloir.

— Mrs. Finch, je suis là ! s'écrie le peintre.

Une femme âgée apparaît au fond du corridor.

— Je me demandais où vous étiez passé.

— J'ai gagné ! J'ai réussi ! s'exclame Mr. Owen avec excitation. J'ai découvert ce que je cherchais. Venez voir cette beauté, Mrs. Finch.

L'air blasé, Mrs. Finch marche sans hâte à leur rencontre. Avec fierté Mr. Owen lui présente Josina et ajoute :

— Quand j'ai vu cette toute jeune femme agenouillée devant la tombe d'un enfant, j'ai su que je tenais le sujet de mon tableau. Et je sais qu'il sera une réussite.

Pragmatique, Mrs. Finch le rappelle à l'ordre :

— Dans ce cas, vous avez intérêt à vous y atteler sans perdre une minute. Il ne vous reste que trois jours.

— Je sais. Je vais vous demander, Mrs. Musgrove, de monter tout de suite avec moi dans mon atelier.

Il se tourne vers l'escalier. Un peu gênée, Josina déclare à Mrs. Finch :

— Mr. Owen ne vous l'a pas expliqué, mais je viens d'arriver à Londres et je suis sans bagage. Il a eu la gentillesse de me proposer de loger ici.

Si Mrs. Finch manifeste de la surprise, celle-ci n'est que de courte durée. Telle une personne habituée aux urgences et aux imprévus, elle se contente de répondre :

— Ne vous tracassez pas, on s'arrangera. Le principal, c'est qu'il ait enfin trouvé son inspiration. Il y a des semaines qu'il me faisait tourner en bourrique !

Et sans un mot de plus elle disparaît.

Josina suit Mr. Owen dans l'escalier. Deux étages plus haut elle constate qu'il a installé son atelier dans l'ancien grenier. Des poutres étayent le plafond en pente. L'un des murs a été en partie abattu afin d'installer au nord une large baie vitrée. Tous les peintres, elle l'a appris, ont besoin d'un éclairage ainsi orienté. Le long des autres murs s'entassent des toiles. Certaines sont vierges, d'autres recouvertes d'ébauches ou de tableaux inachevés.

Mr. Owen déplace une chaise de l'estrade au centre de l'atelier et pose contre un tabouret une toile vierge.

— Maintenant, dit-il d'une voix enfiévrée, penchez-vous ou plutôt agenouillez-vous dans la position où vous étiez à la minute où je vous ai vue.

Josina lui obéit, rejetant son voile en arrière.

— Tendez la main, ordonne-t-il.

C'est avec ce geste, elle s'en souvient, qu'elle arrachait la mousse agglomérée sur la tombe du petit garçon.

Mr. Owen l'examine, la détaille, la prie d'adopter diverses postures. Josina reproduit enfin celle qu'il recherche. Fiévreusement, il ajuste son chevalet. Puis il presse un tube d'où la couleur jaillit, et il se met à peindre ce qui s'offre à ses yeux et s'est gravé dans son esprit.

Le lendemain, en début d'après-midi, Josina a eu tout le loisir de comprendre que le métier de modèle n'est pas une activité de tout repos. Mr. Owen proteste si elle ébauche le moindre mouvement et de pénibles courbatures lui tiraillent les genoux et la nuque. Le déjeuner frugal et vite avalé ne lui a pas permis de se détendre. Aussitôt après ils sont retournés à l'atelier où a recommencé la séance de pose.

Pour oublier ces désagréments, elle pense au duc. La nuit d'avant, couchée dans la petite pièce étroite qui doit être l'unique chambre d'ami de la maison, elle a failli pleurer avant de s'endormir. Elle ne regrettait pas d'avoir, par sa fuite, libéré le duc de ce mariage forcé : elle demeurait persuadée d'avoir pris la bonne décision. Mais elle n'en souffrait pas moins de son absence, hantée par le désir de revenir vers lui.

Si elle l'épousait, elle pourrait quand même le voir tous les jours. Il lui témoignerait de la gentillesse car c'est un homme bon. Vivre en compagnie d'un homme gentil, ce n'est pas l'idéal dont elle rêve — elle est infiniment plus exigeante. Mais ne serait-ce pas moins lugubre que de supporter le poids de la solitude ? Moins effrayant que de vivre dans un pays où elle n'a pas d'amis, rien qu'une famille hostile dont elle n'osera plus s'approcher ?

Toutefois sa lucidité l'a emporté. Retourner auprès de lui en faisant amende honorable, à supposer qu'il n'ait pas encore envoyé au diable ses projets matrimoniaux ? Ce serait pire encore que la solitude. Car, dût-il s'attacher un jour à elle, jamais il n'éprouverait pour elle cet amour qu'elle lui voue désormais. Cet amour qui, une fois dévoilé, l'a poussée à l'affolement, à l'envie forcenée de disparaître au mépris des convenances.

Pendant les deux premiers jours elle a lutté contre ce sentiment, le repoussant à la lisière de sa conscience. Elle se forçait à ne voir en lui qu'un étranger lié à elle par un vague cousinage. Elle a rejeté tout autre fantasme. Aurait-elle d'ailleurs voulu y céder que la présence envahissante de la comtesse eût suffi à l'en dissuader. Et c'est seulement la veille, demeurée seule dans le boudoir après le départ du duc, à la suite de cette série de péripéties qui lui ont mis les nerfs à vif, que la lumière a éclaté enfin en elle, la laissant épouvantée.

Dès lors sa seule ressource était de s'éloigner de lui, de repousser le destin qu'il avait prévu pour elle et dont elle ne voulait pas, ce simulacre d'amour, cette parodie de mariage vidée de sens. Pourquoi n'a-t-elle pas rencontré un homme qui l'ait vraiment aimée, comme son père dès qu'il a vu sa mère ? Tomber amoureux l'un de l'autre au premier coup d'œil, telle est la grâce qui a été accordée à ses parents. Et aucune des difficultés de leur existence n'a terni leur entente. C'est ce que je voulais pour moi, ce que j'appelais de tous mes vœux, a pensé Josina avec rancœur avant de s'endormir.

Dès son réveil, le lendemain matin, Mrs. Finch l'a prévenue que le petit déjeuner serait servi une demi-heure plus tard. En s'examinant dans la glace, elle a constaté qu'elle avait le teint pâle et les yeux cernés. Mais Mr. Owen n'a pas semblé le remarquer. Dès neuf heures elle reprenait la pose. Le peintre a travaillé sans une minute de répit jusqu'au moment où Mrs. Finch a annoncé que le déjeuner était prêt.

En cours d'après-midi Josina, épuisée, s'apprête à solliciter de Mr. Owen une interruption afin de se délasser un peu.

La porte de l'atelier s'ouvre alors. Une voix de stentor leur frappe les tympans.

— J'étais sûr de vous trouver ici, Owen. J'ai donc dit à votre gouvernante qu'il était inutile de m'annoncer

Le peintre lève les yeux de son chevalet. Josina en profite pour baisser le bras et redresser son dos courbatu.

— Je ne vous attendais pas, sir Eustace, objecte Mr. Owen. Comme vous pouvez le constater, je suis très occupé.

— Pas au point de refuser de m'écouter. Figurez-vous que je vous ai obtenu une commande qui devrait vous donner pleine satisfaction. J'ai jugé bon de passer ici pour vous la transmettre.

Sir Eustace entre dans l'atelier comme s'il était chez lui. C'est un homme au teint rougeaud, aux sourcils touffus, au menton épais, à la carrure massive. Il porte une canne à pommeau d'argent, une redingote feuille-morte aux revers de velours noirs dans laquelle il semble engoncé. Il se dirige d'un pas résolu vers Mr. Owen. Ce dernier réplique :

— C'est très aimable à vous. Mais, dans l'immédiat, je dois absolument achever ce tableau à temps pour l'exposer à l'Académie.

À cet instant sir Eustace découvre Josina. Une expression de surprise moqueuse se lit sur ses traits. Puis il plisse les paupières en la détaillant avec un air de maquignon. Âgé de la quarantaine, il est impressionnant avec son torse robuste et ses larges épaules. Mais à peine Josina l'a-t-elle entrevu qu'elle éprouve un malaise. Elle ne saurait dire pourquoi, mais cet homme lui déplaît.

Sir Eustace commente d'une voix lente et légèrement sardonique :

— Maintenant que je vois le sujet de votre tableau, Owen, je suis tout disposé à croire qu'il fera courir les foules.

Puis, se tournant vers Josina :

— Qui est cette délectable créature et par quel étonnant hasard m'est-elle inconnue ?

— Je l'ai rencontrée au cimetière, penchée sur la tombe d'un enfant. Et j'ai su d'emblée que cette scène, reproduite sur une toile, serait empreinte d'une telle mélancolie qu'à sa vue les gens en auraient les larmes aux yeux.

— Ma foi, ce ne sont pas des larmes que cette vision m'inspire mais plutôt de l'émerveillement. Comment peut-on être aussi exquise et adorable ?

Il tend la main vers Josina.

— Dites-moi votre nom, à moins que vous ne soyez Aphrodite, descendue de l'Olympe pour nous foudroyer de stupeur, infortunés mortels que nous sommes !

Josina se lève, serre la main de sir Eustace... et ne peut réprimer un frisson de répulsion. Le contact de ces doigts moites et boudinés, ces petits yeux porcins qui la lorgnent avec insistance... Quel odieux personnage !

Devant le silence de Josina, Mr. Owen croit bon de relancer la conversation :

— Mon modèle s'appelle Mrs. Musgrove. Maintenant, sir Eustace, je vous serais reconnaissant de bien vouloir me laisser poursuivre mon travail.

— Je suis ravi de vous voir ainsi visité par une muse, mais j'aimerais apprendre de votre bouche, ou plutôt de celle de votre inspiratrice, ce que je brûle de savoir : est-elle vraiment venue tout droit de l'Olympe ?

Tout en parlant il s'installe dans un fauteuil à proximité de l'estrade. Josina, sachant le rôle que le peintre attend d'elle, reprend la pose.

Sans même l'avoir dans son champ de vision, elle perçoit le coup d'œil pesant de sir Eustace qui l'inspecte avec une indiscrétion gênante. Elle a l'impression qu'il la déshabille des pieds à la tête. Mais elle n'avait pas besoin de cet indice supplémentaire pour savoir que son intérêt envers elle est un danger en puissance.

C'est pour elle un apaisement lorsque Mrs. Finch se présente à la porte et annonce :

— Votre thé est prêt, monsieur, mais je ne remonterai pas ces marches pour le servir à trois personnes qui ont l'usage de leurs jambes.

Elle repart et descend l'escalier sans même attendre la réponse de Mr. Owen.

Sir Eustace se lève.

— Je serais ravi de boire une tasse de thé. Peut-être aurai-je ainsi l'occasion d'échanger quelques mots avec cette délicieuse personne.

N'étant pas libre de son choix, Josina ne peut refuser d'accompagner les deux hommes au rez-de-chaussée. Elle s'arrête néanmoins au premier étage et va dans sa chambre dissimuler ses cheveux sous son chapeau noir. Son seul regret est de ne pouvoir en profiter pour voiler son visage, mais s'accoutrer ainsi pour boire du thé serait parfaitement ridicule.

Sir Eustace essaie d'engager la conversation avec elle pendant qu'ils prennent le thé. Elle lui répond par monosyllabes. Après le thé elle est soulagée : elle sait que Mr. Owen va se remettre à la tâche sans tarder. Et, décemment, sir Eustace ne peut que se retirer. En lui disant au revoir il presse des deux mains celle de Josina en proférant avec exubérance :

— Nous nous reverrons, ma superbe jeune Aphrodite, n'en doutez pas ! Je conçois le désir de notre hôte de fixer votre beauté sur une toile, mais j'ai en la matière des conceptions différentes des siennes. Je vous les exprimerai en temps voulu.

Josina ne répond rien. Tout ce qu'elle souhaite, c'est dégager sa main des doigts moites qui l'emprisonnent. Puis elle gravit en hâte l'escalier, suivie de près par Mr. Owen. Une fois encore, sans avoir besoin de se retourner, elle sent le regard de sir Eustace fixé sur sa nuque, son dos, ses reins. Elle n'est libérée de son emprise qu'une fois réfugiée dans l'atelier.

Au cours du thé elle a appris de la bouche de sir Eustace qu'il a un ami important, le lord lieutenant du Huntingdonshire, auquel il a recommandé Mr. Owen.

— Merci de cette faveur, sir Eustace, a répondu ce dernier. Bien sûr, dès que ma toile en cours sera terminée, j'entrerai en contact avec lord Lansdown.

— Mais peut-on concevoir que vous viendrez à bout de la tâche délectable de peindre Aphrodite ? a rétorqué sir Eustace.

Mr. Owen s'est abstenu de répondre.

Maintenant, dans l'atelier, il chuchote d'un ton mi-figue, mi-raisin :

— Sir Eustace est un don Juan notoire. Il est aussi très fortuné. Si par hasard vous aviez besoin d'un appui, vous pourriez tomber plus mal.

— Je ne veux plus le revoir, répond Josina. J'ose espérer qu'il ne reviendra pas demain.

— Je le souhaite aussi, acquiesce Mr. Owen. Je déteste qu'on me dérange quand je travaille.

Manifestement, sir Eustace l'agace. Mais Josina se rend bien compte que ce dernier occupe un rang social trop éminent pour que Mr. Owen puisse l'ignorer ou se montrer vexant à son égard.

Par bonheur l'importun ne se manifeste pas le lendemain et Mr. Owen peut travailler en paix, du matin au soir. Enfin le jour suivant, à la suite d'un effort quasi surhumain d'où il sort épuisé, hagard, il atteint le stade des ultimes retouches, des dernières finitions. Josina, pour sa part, a le dos fourbu. Mais quand elle voit le tableau presque terminé elle le juge remarquable. Elle y distingue la beauté fluide et vaporeuse, la technique élaborée qui caractérisent la manière de George Watts.

Mr. Owen ne s'est pas contenté de peindre son portrait. Il l'a métamorphosée en un personnage mi-réel, mi-rêvé. Ayant observé les autres toiles réunies dans l'atelier, elle comprend qu'à la manière de Watts il mêle à la réalité des allégories nées de ses fantasmes. Elle se reconnaît à peine tant il l'a rendue éthérée, pareille à un être immatériel, un pur esprit issu d'un autre monde.

Mr. Owen s'est levé de bonne heure ce matin-là pour se rendre au cimetière et copier avec exactitude la tombe du petit lord Dudley Nevon. Ce détail gêne Josina qui ne peut s'empêcher d'intervenir :

— Pardonnez-moi ma franchise, mais j'ai l'impression que ce serait une erreur et une faute de goût de reproduire le véritable nom sur la pierre tombale.

— Pourquoi ? s'étonne Mr. Owen. Cet enfant est mort il y a près d'un siècle.

Josina le fixe en silence et il finit par dire, à contrecœur :

— Mais si vous y voyez un inconvénient personnel, je peux le changer.

Les mains jointes, Josina insiste :

— S'il vous plaît, j'y tiens. Pour vous cela ne compte pas ; pour moi c'est important.

Mr. Owen la scrute. Elle sent qu'il s'interroge. Mais il a trop de tact et de savoir-vivre pour solliciter une explication. Si elle a son jardin secret, il se gardera d'en chercher la clé. Aussi se contente-t-il d'acquiescer :

— C'est entendu, je modifierai le nom si vous le désirez. Je vous propose de transformer le « N » initial en « V ». Ceci vous conviendra-t-il ?

— Je vous en remercie infiniment.

Mr. Owen s'exécute. Et Josina formule des vœux pour que nul n'établisse un lien entre le tableau et la famille Nevon. Elle a peine à croire que le duc, avec les magnifiques toiles de maîtres qu'il possède, attache à l'art contemporain assez d'attention pour visiter l'exposition de l'Académie. Mais cette éventualité, si improbable soit-elle, réveille ses angoisses.

Le tableau est enfin achevé, juste à temps. Raphaël Owen s'empresse de l'emporter à l'Académie, tandis que Mrs. Finch et Josina lui souhaitent bonne chance.

— Le comité ne peut refuser de le lui prendre, explique Mrs. Finch quand le fiacre s'ébranle, car l'exposition est ouverte à tous les peintres. Mais ils se disputent les meilleurs emplacements, et c'est ce que notre cher grand homme va essayer d'obtenir.

— J'espère qu'il aura satisfaction. Il a été si gentil en me permettant d'habiter avec vous ! Je lui en serai éternellement reconnaissante.

— J'ai été contente de votre présence, je vous le dis comme je le pense, rétorque Mrs. Finch. Vous n'avez pas l'air d'un modèle. Beaucoup de ces filles ne sont que des petites garces ; elles jouent les mijaurées, trouvent à redire à tout et se jettent au cou de chaque homme qui franchit la porte.

Elle exprime sa désapprobation en termes si véhéments que Josina ne peut éviter d'en rire.

— Je vous promets de ne pas me conduire ainsi. Et, si vous le permettez, je peux vous aider pour le ménage.

— Ce ne sera pas de refus mais vous avez besoin de repos. Prenez d'abord une bonne nuit de sommeil et nous en reparlerons. Je vais vous dire ce que vous pourrez faire. Si vous rangiez l'atelier à ma place, vous me rendriez grand service. Monsieur est contrarié si j'y touche et c'est un vrai fourbi. Mais, venant de vous, il n'osera pas protester.

— C'est d'accord, je m'en occuperai, assure Josina.

À son retour quelques heures plus tard, Mr. Owen flotte sur un nuage. Tous les membres de l'Académie royale ont apprécié son tableau qui a recueilli des louanges flatteuses. Demain, lors de l'accrochage des toiles, la sienne bénéficiera de l'un des emplacements les plus favorables. L'ouverture aura lieu sur invitations réservées à des personnalités. Et c'est le jour suivant que le public sera convié librement.

— Je vous y emmènerai donc après-demain, annonce-t-il. Vous aurez tout loisir de vous admirer et de voir des dizaines de visiteurs s'extasier devant vous.

Josina hoche la tête. Elle a le sentiment qu'il serait imprudent pour elle d'être vue à l'Académie mais pour l'instant elle choisit de garder le silence. Mr. Owen parle d'ailleurs pour deux. Dès le début du dîner il l'entretient d'un nouveau projet qu'elle lui a inspiré :

— Sir Eustace vous appelait Aphrodite, et c'est en effet sous l'apparence de cette déesse que j'aimerais vous peindre. Mais ce serait, de toutes mes œuvres, celle où l'imagination aurait la plus large part. J'aimerais la montrer flottant dans l'espace, entourée par les planètes, les soleils et les étoiles.

— C'est une magnifique idée, s'enthousiasme Josina.

Ce pourrait être une œuvre de qualité, et c'est le signe que Mr. Owen la garde comme modèle. Elle avait redouté qu'il ne lui donne congé une fois le tableau fini : elle se serait retrouvée à la rue, sans savoir où aller. Il n'a pas encore précisé la somme qu'il projette de lui verser en échange de ses services et elle est presque sans le sou ; dans son sac à main lui restent seulement quelques billets d'une livre.

Ici je suis en sécurité, à l'abri, pense-t-elle ce soir-là avant de s'endormir. Dans le secret de son cœur, elle crie pour appeler le duc en silence mais elle ne pleure pas, ne s'apitoie pas sur son sort. Étendue dans le noir, elle songe seulement à sa mère dont elle sent la présence rassurante à ses côtés. Apaisée, elle s'enfonce dans le sommeil en se répétant ce que lui disait lady Margaret : l'avenir est moins terrible qu'il n'y paraît et le pire n'est pas toujours sûr.

Le lendemain, après un repas léger, Raphaël Owen se met sur son trente et un, enfile ses souliers vernis que Mrs. Finch a pris le soin de polir et se rend à l'Académie pour la cérémonie inaugurale de l'exposition. Josina monte au deuxième étage. Elle a déjà commencé à classer un peu les multiples toiles amoncelées dans chaque recoin de l'atelier. Sur des étagères traînent des tubes de peinture à l'huile vides et racornis. Elle voit aussi des pinceaux amassés dans un récipient plein d'un liquide bourbeux.

Sur le bureau elle examine divers croquis crayonnés sur des versos d'enveloppes ou des feuilles de papier. Il s'agit parfois de papier à lettres de luxe gravé d'une couronne ou d'armoiries au-dessus de l'adresse. Visiblement, Mr. Owen a brossé le portrait de gens haut placés. Le lord lieutenant du Huntingdonshire sera son prochain client et elle s'en réjouit pour lui. Elle sait qu'un peintre ne peut gagner sa vie en sacrifiant à l'art pour l'art et doit accepter des commandes officielles. Elle espère que celle-ci lui en vaudra beaucoup d'autres.

L'après-midi s'écoule et entre-temps l'atelier prend une apparence ordonnée, cessant de ressembler au capharnaüm qu'il était à l'arrivée de Josina. Soudain la porte s'ouvre. Elle pense avec surprise que Mr. Owen est rentré. « Vous avez déjà... ? » entame-t-elle, puis la phrase meurt sur ses lèvres à la seconde où elle se retourne.

Ce n'est pas Raphaël Owen qui s'est introduit dans la pièce mais sir Eustace. Il s'avance vers elle, l'œil concupiscent.

— Je suis passé vous dire, ma belle et somptueuse Aphrodite, que votre portrait a créé l'événement. Des grappes de gens s'agglutinaient pour l'admirer en échangeant des éloges dont aucun autre tableau n'a été l'objet.

— Vous m'en voyez ravie, dit simplement Josina.

Sir Eustace enchaîne :

— Et maintenant vous et moi allons pouvoir parler. Ou plutôt, je vais avoir l'occasion de vous parler, ce dont Raphaël m'a empêché ces derniers jours.

— Il n'y a vraiment rien à dire, riposte Josina.

Une lueur équivoque dans les yeux, sir Eustace esquisse un sourire :

— Au contraire, j'ai beaucoup de choses à vous dire.

Il marche vers la baie vitrée de l'atelier, considère la rue, puis se tourne vers elle :

— Une fille dotée d'un physique tel que le vôtre ne peut moisir dans un pareil gourbi.

— Cela me convient parfaitement, lui répond Josina.

— Vous racontez n'importe quoi, contre-attaque sir Eustace. Écoutez-moi bien. Je suis prêt à vous offrir une maison à Chelsea, un tilbury à votre usage personnel et les plus belles robes des boutiques de Bond Street.

Josina, incrédule, lance à sir Eustace un regard farouche.

— Je regrette d'avoir à vous rappeler à la bienséance, mais vous venez de m'offenser gravement.

— Allons, voyons, ne jouez pas les pimbêches. On n'offense aucune femme en la gratifiant d'un écrin digne de sa beauté.

Josina le toise avec une ironie méprisante :

— Alors je suis une exception à cette règle de mauvais goût édictée par les hommes de votre espèce. Ma réponse est claire : je ne suis pas une fille qu'on achète. Ma condition me satisfait. Et aucune de vos offres ne m'intéresse.

Le sourire de sir Eustace reste plaqué sur ses lèvres comme sur un masque de carnaval. Le temps pour ce présomptueux chasseur de digérer l'affront infligé par une proie indocile, et le sourire se mue en ricanement grinçant.

— Peu de femmes ont l'audace de se refuser à moi, ma belle. Qu'à cela ne tienne, ce qu'on ne veut pas me donner, je le prends de force. Et je vous certifie qu'on ne me résiste pas longtemps.

Et, en un geste vif comme l'éclair, il tend le bras vers Josina et la plaque contre lui. Prise ainsi au dépourvu, elle tente de le repousser mais il est solide comme un roc. Avec effroi elle s'avise qu'elle a beau se débattre, ses tentatives pour se libérer sont vaines : il la tient serrée comme dans un étau, elle est écrasée contre ce corps épais qui la révulse. Il baisse la tête pour chercher ses lèvres, elle détourne la sienne pour éviter ce baiser.

Au cours de ce combat silencieux et violent elle comprend qu'il est excité par sa résistance et n'en est que plus violent D'une main, il s'empare de son menton pour la forcer à dresser le visage vers lui. L'espace d'un instant leurs regards se croisent. Elle voit la flamme avide qui brûle dans ses yeux, elle voit ces lèvres molles qui s'approchent des siennes. Elle est sans forces, impuissante, entièrement à sa merci. Affolée, elle se met à hurler. Et, miracle, la porte de l'atelier s'ouvre.

— Mais enfin, que signifie cette scène grotesque ?

Or ce n'est pas Mr. Owen qui vient de pénétrer dans l'atelier. C'est le duc !

Il s'avance vers eux et sir Eustace relâche sa pression. Josina lui échappe, court vers le duc.

— Sauvez-moi de cette brute !

Il toise sir Eustace :

— Alors, Wake, encore vos sales petites manigances ? Vos manières de rustre et votre goût pour la chair fraîche finiront par vous perdre. Maintenant, puisqu'il est évident que votre présence ici est de trop, vous feriez mieux de déguerpir.

Une fureur bestiale déforme les traits de sir Eustace. Mais le respect qu'il doit à la position occupée par le duc lui interdit d'exprimer ses véritables sentiments. Il se borne donc à rétorquer de mauvaise grâce :

— Je ne pouvais me douter, Nevondale, que vous aviez des visées sur le nouveau modèle d'Owen. Mais, si c'est le cas, je m'incline et vous laisse le champ libre.

Puis, sans ajouter un mot, il rajuste sa redingote et se retire de l'atelier.

À l'instant même où sir Eustace s'esquive, le duc attire Josina à lui et la serre dans ses bras. Mais ce répit est de courte durée : c'est à elle qu'il s'en prend maintenant.

— Quant à vous, Josina, vous n'avez pas honte ? Votre conduite est inqualifiable. Comment avez-vous pu agir avec autant de désinvolture ? Vous enfuir à la façon d'une gamine écervelée, disparaître sans me prévenir dans cette ville dont vous ne savez rien, en me laissant au désespoir de vous retrouver, incapable de savoir ce qui avait pu vous arriver ?

Penaude, Josina se tait. Le duc l'écarte d'elle pour la fixer bien en face et poursuit avec sévérité :

— Mais enfin quelle mouche vous a piquée ? Quelle idée saugrenue ?

Elle se résout à lever vers lui des yeux implorants dans l'espoir d'être pardonnée. Il n'y a là nul calcul de sa part. Elle vient simplement de se rendre compte qu'elle a agi avec une totale inconscience. Et elle s'en veut de n'avoir pas su mesurer les conséquences de son comportement infantile.

— J'attends une réponse, insiste le duc.

Toutefois, maintenant qu'elle est là devant lui, fragile et vulnérable, son ton s'est adouci.

Honteuse, Josina le fixe sans un mot. Et le duc, captivé par ces yeux envoûtants, sent fléchir sa colère. Elle perçoit ce changement. Mais elle ne peut plus garder le silence sous peine d'indisposer à nouveau le duc.

— Je devais m'en aller, murmure-t-elle.

— Mais enfin pourquoi ? s'exclame le duc en dressant les bras au ciel pour le prendre à témoin des égarements de sa jeune cousine.

— Parce que je ne me faisais aucune illusion sur vos sentiments. Ce mariage était pour vous une corvée. Vous ne vous y résigniez que contraint et forcé.

— Qu'en savez-vous ?

— Vous teniez à préserver ma réputation qui n'en vaut guère la peine car nul ne s'en soucie. Votre projet était ridicule et insensé.

Elle énonce les mots tels qu'ils lui viennent sans chercher à le ménager. Elle veut juste qu'il la comprenne, dût-elle froisser son amour-propre. Mais il ne semble pas se formaliser de cet irrespect. Il se contente de répondre calmement :

— Nous aurions pu en discuter ensemble, vous ne croyez pas ?

— Mais vous aviez tout préparé. Décidé de mon sort sans même me consulter. C'était la seule solution possible, d'après vous. Pourquoi aurais-je eu mon mot à dire ? Une jeune fille ne proteste pas, elle obéit la tête basse, n'est-ce pas ? Mais aujourd'hui je m'en moque : tant pis pour le qu'en-dira-t-on et les principes. Les règles sont là pour être transgressées, disait mon père. J'admire mes parents d'avoir osé le faire. Et l'incident de tout à l'heure ne me fera pas changer d'avis. Je vous suis reconnaissante de m'avoir tirée des griffes de ce malotru : chacun de nous aura rendu service à l'autre, donc nous sommes quittes. Et si l'on vous demande de mes nouvelles, dites simplement que je suis morte et enterrée.

Le duc ne peut s'empêcher d'esquisser un sourire.

— Vous me croyez vraiment capable d'un aussi affreux mensonge ? Étant donné que vos qualificatifs ne m'épargnent pas, laissez-moi vous les retourner. C'est vous, ma révoltée, ma sauvage, ma petite rebelle, qui êtes incorrigiblement, incroyablement, désastreusement ridicule et insensée.

Josina n'en croit pas ses oreilles. Sa tirade tourne court. Perplexe, elle écoute le duc poursuivre :

— Nous avons tous deux beaucoup d'explications à échanger. Mais accordez-moi d'abord la joie de vous admirer de près.

Il tend la main vers son visage et lui effleure la joue. Il la contemple longuement, pousse un soupir. Puis il reprend d'une voix sourde, altérée :

— Tu es si belle quand tu es en colère. Avec tes yeux pareils à un ciel d'orage, ton visage comme une mer déchaînée, tes cheveux en bataille après ta lutte contre ce goujat. Tu es plus belle que jamais, plus belle que dans mon souvenir, plus belle que sur ton portrait.

Josina frémit, muette de saisissement.

— Vous l'avez vu ? Je ne prévoyais pas que vous visiteriez l'exposition.

— J'y accompagnais ma marraine qui voulait contempler un portrait d'elle, explique le duc. Et dès que j'ai aperçu le tableau d'Owen j'ai su que je t'avais retrouvée.

— Vous me cherchiez ?

— Évidemment, petite sotte. J'ai déclenché le branle-bas dans tout Londres, j'ai averti la police au cas où il te serait arrivé un accident. Quant à la nurse de ta pauvre mère, elle est inconsolable depuis qu'elle a appris ton départ.

— Et vous désiriez vraiment... me retrouver ?

Elle formule cette question à mi-voix, avec réticence. Mais elle doit la poser. Il lui faut en avoir le cœur net.

— Dans quel but serais-je ici, selon toi ? Après t'avoir identifiée, j'ai bondi chez Owen pour te revoir. Et maintenant que je te tiens, je ne te laisserai plus m'échapper, ma petite bohémienne !

— Mais enfin pourquoi ? Pourquoi vous embarrasser de moi alors qu'en mon absence vous seriez libre de vivre à votre guise ?

Le duc sourit — un sourire qu'elle ne lui connaissait pas.

— Cette liberté-là ne me séduit plus. Je me demande même comment j'ai pu m'en contenter. Depuis que je t'ai vue, que j'ai parlé avec toi, je ne suis plus le même. La vérité, ma chérie, c'est que je t'aime. Et j'ai la conviction, même si tu refuses de l'admettre, que ce sentiment est partagé.

Josina se dit qu'elle doit rêver. Elle dort et va se réveiller. Elle sera peut-être à Pavie, ou bien au manoir, ou alors chez le peintre. Mais cette scène ne peut se dérouler dans la réalité.

Elle secoue la tête, ferme les yeux, les rouvre. Et pourtant non. Le duc est bien là devant elle, fervent, exalté, radieux. Elle fond sous son regard intense. Elle a l'esprit qui chavire. Les mots se bousculent dans sa tête. Enfin elle avoue :

— Moi aussi. Moi aussi je vous aime. Mais je ne pensais pas que... Comment pouvais-je savoir ? Vous aviez l'air si... J'ai perdu la tête. Je vous demande pardon. J'étais malheureuse. Je vous croyais sorti de ma vie.

Ses yeux s'embuent. La voix brisée par l'émotion, elle renonce à tout orgueil, ne se détourne pas pour éviter au duc ce spectacle, ne tente même pas d'essuyer ses larmes.

Avec des gestes légers, comme si elle était une porcelaine fragile, le duc lui caresse la joue en s'exclamant :

— Ma douce, mon cœur, c'est ce que je souhaitais entendre. Mais alors si tu m'aimais, pourquoi m'avoir traité ainsi ? Pourquoi cette fugue ? Comment as-tu pu me quitter ? Tu m'as rendu fou de tourment à l'idée que je ne te reverrais plus.

Mise au pied du mur, Josina se résigne à tout avouer. Elle n'a plus le choix. Un sanglot lui arrache un hoquet.

— Tu vas me juger très sotte. Mais j'avais réfléchi : je t'aimais trop pour accepter ce mariage destiné à sauver la face. J'aurais tellement souffert de t'épouser en te sachant amoureux d'une autre.

Et elle se rapproche de lui, enfouit son visage dans le creux de son épaule.

— Cette allusion vise à l'évidence la comtesse en qui tu sembles voir une ogresse qui voulait te manger ! Comment te rendre certaine, mon adorable petite folle, que je suis tombé sous ton charme à l'instant où je t'ai vue ? Pour moi c'était si imprévisible. Je ne comprenais pas ce qui m'arrivait. Rien ne m'y avait préparé. Je considérais les femmes comme un simple divertissement. Mais quand tu es venue, tout mon univers a basculé. Avec stupeur j'ai reconnu en toi celle que j'attendais sans m'en douter.

Il pousse un soupir avant de reprendre, les yeux perdus dans le vague :

— Quand j'ai compris à quel point tu étais pure et innocente, j'ai été horrifié à l'idée de te mêler au genre de soirée que je donnais précisément ce jour-là.

Déconcertée, Josina objecte :

— Cette situation me dépasse. À vous voir elle et toi, j'ai tout de suite pensé que vous vous aimiez.

Elle revoit le spectacle qui l'a saisie à son entrée dans la chambre du duc : la comtesse et lui ensemble, au lit.

Surprise, elle sent le duc la soulever du sol, un bras sous les épaules, l'autre sous les genoux, et la transporter vers un sofa. Elle se blottit contre lui. Elle souhaiterait ne plus parler, jouir de cet instant, mais c'est plus fort qu'elle, son tempérament inquiet reprend le dessus. Elle a du mal à chasser la comtesse de sa mémoire. La vision de ses lèvres sarcastiques, de ses yeux malveillants, est une épine qui lui déchire le cœur. Elle ne met pas en doute la loyauté du duc en cette minute. Mais elle veut lui expliquer, le mettre en garde, elle veut qu'il sache combien elle est intransigeante, qu'il comprenne à quel point l'amour ne peut se résumer pour elle à une passion incandescente et brève, un flamboiement sans lendemain.

Elle sent sa main jouer dans ses cheveux, ses doigts effleurer sa nuque. Elle frissonne de plaisir et aurait envie de ronronner comme une chatte. Puis elle se ressaisit.

— Écoute-moi bien, dit-elle d'une voix raffermie.

— Je t'écoute, murmure-t-il sans cesser de plonger la main dans l'océan de sa chevelure.

— Je t'aime de tout mon être et je crois à la vérité de ton amour. Je te crois aussi quand tu m'affirmes que tu as changé, que tu n'es plus le même homme. Mais ne l'oublie pas : c'est cet homme-là que j'ai fui par crainte de l'épouser. Il m'effrayait avec ses conquêtes féminines, il ne m'inspirait pas assez confiance. Je le croyais incapable d'une passion durable.

Elle s'interrompt, reprend son souffle. Le duc, attentif à son discours, se garde d'intervenir et la fixe avec gravité.

— Je ne veux pas d'une idylle éphémère, poursuit Josina. Même si elle m'apporte un bonheur intense. Je me suis juré depuis l'adolescence de n'être aimée que pour moi-même, d'un amour absolu, et de tout donner de moi en échange à celui qui en sera digne, afin de vivre avec lui comme ma mère avec mon père. Sinon je préfère renoncer aux hommes. La plupart sont égoïstes, hypocrites, infidèles, dominateurs. Ils s'imaginent, comme cette bravache de sir Eustace, avoir tous les droits sur les femmes au nom de la supériorité masculine. Mais ils sont faibles et ils sont lâches. Ils préfèrent assouvir au passage leurs désirs plutôt que d'avoir le courage de vouer leur vie à un grand amour. Voilà pourquoi la comtesse me mettait mal à l'aise, pourquoi je la redoute, elle et ses semblables. Je serais incapable de supporter que tu te lasses de moi.

Elle se tait, hors d'haleine, le cœur emporté, étonnée de la vigueur de ses propos, effarée d'avoir puisé en elle autant de combativité. Maintenant elle a dit ce qu'elle avait à dire. La réaction du duc scellera son destin.

Il cesse de lui toucher les cheveux et lui entoure le buste du bras. Mais Josina ne relève pas la tête et garde la joue appuyée sur son épaule. Elle préfère ne pas le dévisager tout de suite. Quand il lui répond enfin, son ton a changé. Il ne la réprimande plus comme la gamine à qui il reprochait son comportement incongru. Mais il a aussi abandonné l'ardeur passionnée avec laquelle il lui déclarait sa flamme. Il adopte maintenant des inflexions sérieuses, presque solennelles.

— Mon enfant, ma chérie, c'est toi maintenant qui vas m'écouter. Une fois pour toutes je tiens à te convaincre. Nos esprits sont en résonance, j'en ai le pressentiment ; j'ai senti d'emblée un lien mental avec toi. Si toi aussi tu pénètres ma pensée, tu verras qu'il n'y a pas de place en elle pour le moindre mensonge à ton égard. Il est essentiel que tu me croies, car il nous faut entamer notre vie ensemble sans l'ombre d'un secret ni d'un malentendu entre nous.

Parcourue d'un frisson, elle se serre plus fort contre lui. Ils demeurent tous deux immobiles, silencieux. Enfin le duc reprend la parole :

— La comtesse est une femme pareille à bien d'autres, une séductrice qui collectionne les amants et que j'ai eu le tort — la faiblesse ou la lâcheté, dirais-tu — de fréquenter. Je la jugeais amusante, attrayante, sa compagnie me flattait, jusqu'au jour où tu es entrée dans ma vie. Dès le premier soir, j'ai été subjugué. C'était une émotion neuve, inconnue, si irrationnelle que je ne pouvais pas la comprendre. À côté de toi ces femmes que je trouvais superbes devenaient ternes, inexistantes. Tu les éclipsais par ta présence. Tu étais environnée d'une aura de lumière qui m'aveuglait.

Il s'interrompt. Josina redresse la tête : elle ne veut plus se cacher ni se réfugier sous son aile protectrice. Elle l'examine. L'expression absente, il a l'air de revivre la scène. Puis il redescend sur terre et, les yeux rivés aux siens, poursuit :

— Ce fut une révélation. Je voyais combien tu étais différente de toutes les femmes qui ont occupé ma vie. Et cette vie m'est soudain apparue comme un désert. J'ai découvert avec stupeur que je t'attendais en secret sans même l'avoir su. Tu disais tout à l'heure que nous étions quittes. Nous le sommes doublement : je viens de sauver ta vertu et toi, tu me sauves de la débauche. Tout bien considéré, il y a là une morale à méditer.

— Tu n'emploierais pas une ruse avec moi ? Tu le jures ?

— Comment oses-tu imaginer que je puisse te mentir ? En un moment tel que celui-ci !

De nouveau il se tait. Le point le plus épineux reste à aborder. Pas l'ombre d'un secret, il l'a promis. L'expression de Josina est si limpide, si lumineuse, qu'il hésite à être plus explicite sur sa vie privée. Mais comment aurait-il mauvaise conscience puisqu'il s'apprête à dire la vérité ? Elle ne doutera pas de moi, songe-t-il. Son amour lui donnera le discernement et la clairvoyance. Il doit néanmoins se forcer pour ajouter :

— Je te le jure sur ce que j'ai de plus sacré : je n'ai pas touché la comtesse depuis ton arrivée au manoir.

Il parle avec lenteur comme s'il prononçait un vœu. Et devant l'expression dubitative de Josina il insiste :

— La première nuit j'ai prétexté un besoin de sommeil en prévision du steeple-chase du lendemain. Et la nuit suivante j'ai purement et simplement verrouillé ma chambre.

Il marque un léger temps d'arrêt.

— Mais, de même que toi peu après, la comtesse m'a rejoint en passant par le boudoir. Et une querelle orageuse a éclaté entre nous.

Josina retient son souffle. Elle se souvient en effet d'avoir perçu, en s'introduisant par la porte de communication, la voix colérique et irascible de la comtesse.

— Tu connais la suite, reprend le duc. Tu m'as tiré d'un mauvais pas. Et surtout tu m'as épargné le pire : un duel inutile dont je n'avais nul intérêt à sortir vainqueur.

— J'avais tellement peur que tu te fasses tuer comme mon père, murmure Josina.

— Eh bien, je suis ici près de toi et je suis en vie. En t'emmenant à Londres je songeais à la chance que j'avais : j'allais pouvoir t'épouser et te prouver enfin que je t'aimais.

— Mais tu ne m'as pas adressé la parole !

— Mets-toi à ma place. Essaie d'imaginer mon embarras envers toi après cette scène. Je craignais de te choquer. J'avais peur que tu refuses de me croire. Te parler d'amour alors que tu venais de me surprendre avec la comtesse ! C'était impossible. Mais je me disais que j'aurais tout le temps lorsque nous serions mariés. J'espérais t'expliquer mon amour et te persuader de m'accorder le tien.

— En réalité je t'aimais déjà. Je crois bien avoir eu le coup de foudre dès la seconde où je t'ai vu, même si je n'ai pas su aussitôt interpréter mes sentiments. Et quand j'en ai compris la nature j'ai été désespérée. J'étais si malheureuse à l'idée que je n'avais pas d'intérêt pour toi, que jamais tu ne serais amoureux de moi !

Les paroles lui manquent. Elle se blottit à nouveau contre lui.

Le duc ne dit mot. Il a l'impression de capter de l'intérieur les pensées de Josina, ses réactions. Son chagrin l'emplit rétrospectivement d'une tristesse qui se transfuse en lui. Mais ses yeux expriment une tendresse qu'aucune des femmes de sa vie n'a connue.

— Mon amour, mon trésor précieux, rentrons maintenant à la maison. Je vais me mettre en quête d'un pasteur qui puisse nous marier dès ce soir.

Josina lui jette un dernier regard de défi.

— Tu as pris ta décision, tu en es bien sûr ? Car elle sera sans appel. Ni remords ni regrets ? Tu es certain de vouloir de moi ?

— Si certain que c'est la raison de mon empressement. Je n'attendrai pas un instant de plus. Nous partons le plus vite possible et nous rendrons visite à Owen demain pour l'informer de toutes ces péripéties. En tout cas je refuse de remettre à plus tard l'événement le plus heureux de toute mon existence.

Josina pousse un cri ravi devant son impétuosité, son enthousiasme de collégien.

Main dans la main, tels des enfants insouciants et rieurs, ils courent vers la sortie de l'atelier.

Plus tard au cours de la nuit, la tête contre l'épaule de son mari, Josina s'étire avec un soupir de satisfaction et de douce lassitude. Puis elle se redresse, appuyée sur un coude, et le contemple dans la lueur dansante des chandelles à demi consumées. Les yeux fermés, il semble assoupi. Ses traits sont détendus, adoucis, rajeunis.

Elle le croyait endormi mais il ouvre les paupières sous son regard comme s'il en sentait la brûlure perçante. Ses yeux lui sourient, ses lèvres lui sourient. Il est beau, songe-t-elle. Elle penche à nou-

155

veau la tête vers lui, le flot cuivré de ses cheveux en bataille se déverse sur son torse musclé. Contre sa tempe, elle sent battre ce cœur apaisé qui tout à l'heure partageait le rythme frénétique du sien.

Elle se souvient des infinies précautions avec lesquelles il a apprivoisé son corps pour l'amener lentement vers l'extase et le bonheur.

Il pousse un profond soupir qui lui soulève la poitrine. Elle s'interroge : ce soupir l'inquiète. Elle braque les yeux sur l'homme qui est désormais son mari. Une boule lui noue la gorge. À nouveau surgit la pensée qui la paralysait au moment où elle s'est retrouvée au lit avec lui. Elle doit lui en parler, se confier. Maintenant qu'ils sont unis, aucune fausse pudeur ne doit s'immiscer entre eux.

— Je voudrais te poser une question, murmure-t-elle. Promets-moi d'être sincère.

— Je t'écoute.

Elle hésite, cherchant ses mots.

— Après toutes les femmes que tu as connues dans ta vie, tu as dû penser…

Il se tait, la laisse poursuivre. Elle a un pli soucieux au bord des lèvres. Sa voix baisse d'un ton.

— Tu as dû me trouver… bien ennuyeuse.

— Crois-tu ? la taquine-t-il.

— Ne te moque pas de moi. Je suis très sérieuse.

Il lui dit alors, d'une voix pareille à une musique rassurante :

— Je vais te révéler une confidence, ma belle aux cheveux d'or. Et je suis absolument sincère, même si tu as du mal à me croire. Je n'ai jamais éprouvé un plaisir aussi grand qu'à l'instant où tu as été mienne.

— C'est vrai que j'hésite à y croire. Tu m'as rendue si heureuse. Mais moi je me sentais si maladroite, si ignorante.

Le duc lui pose un doigt sur la bouche.

— Tu es celle que je n'espérais pas rencontrer un jour. Tu es mon enfant, ma femme, mon trésor sans prix. Tu es si loin de ces mascarades que j'ai confondues avec l'amour. Tu es unique. Tu es différente. Tu es un pays inconnu. Une contrée inexplorée. J'ai tant de choses à découvrir de toi, tant de secrets cachés, de mystères. Tant d'émerveillements...

Il la serre dans ses bras et la puissance de son étreinte lui coupe le souffle.

— Je t'adore, ma chérie, de ta tête aux cheveux dorés à tes jolis pieds menus. Je ne sais pas si tu connais tes pouvoirs, mais tu es une ensorceleuse. Tu as dû me donner à boire un philtre. Je ne peux plus me séparer de toi, mes jours t'appartiennent.

— Je suis si soulagée, si contente. C'est vrai, tu sais, j'étais anxieuse à l'idée de te décevoir.

— Tu es la perfection même, affirme le duc. Nous allons être très heureux ensemble, ma petite fille de rêve, comme tes parents l'ont été. Et notre bonheur sera si vaste, si immense, que nous le répandrons autour de nous.

— Mais nous devrons affronter ceux qui vont juger ce mariage choquant ou contre nature.

— Le jour où ils te verront, tous les prudes et les rabat-joie de la famille ne pourront que se taire. Beaucoup finiront par me comprendre et m'approuver : tu es si belle. Et je me fie à toi pour les charmer d'un seul regard. Quant à ceux qui persisteront à nous condamner, ils seront bien trop timorés pour oser nous le dire en face. Nous ne connaîtrons pas leur opinion à notre sujet, donc, à quoi bon s'en soucier ?

— Tu me dis la vérité ?

— Tu apprendras au fil des années que c'est la vérité. Et tu les verras tous finir par t'admirer car tu seras une duchesse très séduisante et très *importante*.

Josina comprend pourquoi il insiste sur ce dernier mot. Elle va avoir un rang à tenir. Elle ne sera plus la petite cousine pauvre, fille d'une mère scandaleuse et d'un joueur invétéré. Elle sera mariée au duc et châtelaine de ses domaines. Mais elle se fait le serment, quand elle en aura le pouvoir, de réhabiliter aux yeux de tous la mémoire de ses parents.

Elle se rapproche, se love contre son mari.

— Tu es un prince de légende venu me secourir quand j'étais dans la détresse. J'ai tant de chance de t'avoir trouvé.

— Mais c'est moi qui remercie le ciel de t'avoir retrouvée après avoir failli te perdre, ma sauvageonne ombrageuse qui voulait être épousée pour elle-même. Et maintenant plus question de te perdre. Jamais, tu entends ?

Josina ferme les yeux. Elle est sur de hautes cimes et chevauche un pur-sang noir au front constellé de blanc. Autour d'elle s'étend le ciel à perte de vue. Son père et sa mère sont à ses côtés, aussi jeunes qu'elle, jeunes comme au jour de leur rencontre. L'air pur est si vif qu'il lui coupe le souffle. Elle ne sent plus rien hormis la main de l'homme qu'elle aime posée sur son sein et qui l'emmène vers un ailleurs lointain, au-delà des tristesses d'antan. Elle renverse la nuque en arrière. Le monde devient transparent. Le bonheur la submerge. Elle a des étoiles plein la tête...